書下ろし

こ ろう
虎狼狩り

介錯人・父子斬日譚⑥

鳥羽 亮

祥伝社文庫

目次

第一章　五人の盗賊

1

深夜、町木戸の閉じる四ツ（午後十時）過ぎ、表通りを強風が吹き抜けていた。風が通り沿いにある商店の表戸を叩いていく。

その店は、神田鍛冶町二丁目にある呉服屋の増田屋だった。店は、日本橋からつづいている中山道に面している。近くには旅人相手の一膳めし屋や蕎麦屋、それに菅笠や網代笠、合羽などを売る笠屋などが目についた。ふつう笠屋は合羽を置かない店が多いが、旅人相手なので、ここはそうしているのだろう。

中山道沿いにある呉服屋はめずらしいが、そこは賑やかな日本橋や奥州街道にも近く、旅人だけでなく、多くの客が流れくるようだ。それに、近隣には町人地がひろがっており、地元の住人の客も見込めるのだろう。

いま、人影のない中山道を五人の男が、足早に歩いていた。五人のうちの四人は、武士らしかった。いずれも闇に溶ける黒や紺、それに灰色の小袖やたっつけ袴を身につけ、頭巾で顔を隠している。

残るひとりは、町人らしかった。小袖を裾高に尻っ端折りしている。その両足が、夜陰のなかに白く浮かび上がったように見えた。

先頭にたった町人体の男が、増田屋の前に足をとめ、

「この店でさァ」

と言って、増田屋を指差した。

四人の武士は、増田屋の前で足をとめて店に目をやった。

「弥助、店の者は寝込んでいるな」

四人のなかの大柄な武士が、声をひそめて言った。町人体の男の名は、弥助らしい。

店内は真っ暗で、人声はむろんのこと物音も聞こえない。

「へい、押し入るには、いい頃合ですぜ」

弥助が薄笑いを浮かべた。白い歯が、闇のなかに浮かび上がったように見えた。どうやら、五人は盗賊らしい。

「よし、店に入るぞ」

大柄な武士が、その場にいた四人の男に目をやって言った。この男が、盗賊の親分のようだ。

五人は増田屋の脇に集まった。そこに、くぐり戸がある。表戸を閉めた後は、そこ

が店に出入りする場になっているらしい。

弥助ともうひとりの小柄な武士が、くぐり戸の前に屈んだ。そして弥助が「この戸には、猿がありやす」と小声で言った。

猿とは、戸の框に取り付け、柱や敷居の穴に突き刺す戸締まりのための木片である。

「おれが、猿をはずす」

小柄な武士が、懐から白布を巻いた鑿を取り出した。そして、近くにあった手頃な石を摑み、鑿の柄のかつらを叩いた。鑿は、くぐり戸の板を突き破った。その時、音がしたので、その場にいた男たちは動きをとめ、店内に耳をかたむけた。

「店内に変わった様子はないようだ。弥助、松川、続けろ」

大柄な男が言った。どうやら、小柄な男は松川という名らしい。

松川はさらに戸の別の板を破り、手が入るほどの穴が空くと、右手をつっ込んだ。

「猿をはずしたぞ」

松川はそう言って腕を抜くと、くぐり戸に手をかけて右手に強く引いた。

くぐり戸は右に動き、人がひとり入れるだけの隙間ができた。見ると、店内は真っ暗で、静寂につつまれている。

「龕灯に、火を入れろ」

大柄な男が指示した。

龕灯は強盗提灯とも呼ばれ、銅またはブリキで釣鐘形の外枠を作り、なかに自由に回転するように蠟燭立てをつけた提灯である。

すぐに、その場にいた賊のひとりが持参した瀬戸物の入れ物のなかから炭火を火箸で取り出し、龕灯のなかの蠟燭に火を点けた。

蠟燭のひかりが辺りを照らし、店内がぼんやりと浮かび上がった。それほどの広範囲を照らすことはできないが、店内の様子が知れた。土間の先が売場になっているらしく、座敷が広がっている。人の姿はなく、座敷の先の帳場格子が見てとれた。格子のなかには、帳場机が置かれている。そこは商売をしているとき店の番頭のいる場だが、いまは人影もない。

「踏み込むぞ」

大柄な男が、声をひそめて言った。

すぐに、松川と弥助が店内に踏み込んだ。間をおかずに、ふたりの後に三人の男がつづいた。

店内は暗く、ひっそりと寝静まっている。売場の右手から、鼾と夜具を動かすような音が、かすかに聞こえた。丁稚（でっち）や手代が眠っているようだ。

「親分、帳場に行ってみやすか」

弥助が大柄な武士に目をやり、小声で訊（き）いた。やはり、大柄な武士が親分らしい。

「行ってみよう」

親分の声で、男たちは帳場格子に近付いた。

帳場格子の先には、小机が置かれていた。おそらく、番頭がそこで帳簿類を見たり、筆を入れたりしているのだろう。

「帳場机の後ろにあるのは、小銭入れだけだな」

親分が指差して言った。帳場机の後方に大福帳が吊るされ、その脇の小簞笥（こだんす）の上に、小銭箱があった。

「小銭はどうでもいい」

親分が、渋い顔をして言った。

「金は店の裏手にある内蔵（うちぐら）にあるはずでさァ」

そう言って、弥助が男たちに目をやった。

「裏手の内蔵か」

親分が身を乗り出し、

「だが内蔵まで行っても、鍵がないことには、どうにもならないぞ」

と言い添えた。

「手代をひとり、ここに引っ張り出して、内蔵のある場所と鍵がどこにあるか聞き出しやすか」

弥助が言った。

「そうだな。おそらく鍵は帳場の近くにあると思うが、目にとまらないところに隠してあるにちがいない」

そのとき、親分のそばにいた長身の武士が、

「おれも行く」

と言って、一歩踏み出した。

「柴崎（しばさき）と弥助のふたりで、手代をひとり連れてきてくれ」

親分が言うと、その場にいた弥助と長身の武士が、その場を離れた。長身の武士の名は、柴崎らしい。

2

そう言って、弥助が先にたった。弥助は客を装って何度か増田屋に来て、店内の様子を探っていたのだ。

手代部屋は、帳場からそれほど遠くない場所にあった。売場の脇を通って西側に向かうと、店の奥に通じている廊下があり、その廊下沿いにある二つ目の部屋が手代部屋である。弥助と柴崎は、その場を離れていっときすると、寝間着姿の若い男をひとり連れてもどってきた。

「連れてきやしたぜ」

弥助が言った。

「手代部屋にはふたり寝ていたが、ひとりは後ろ手に縛って、猿轡(さるぐつわ)をかませてきた。明日の朝まで、部屋で顫(ふる)えているはずだ」

そう言った柴崎の口許(くちもと)に、薄笑いが浮いていた。

「おい、店の裏手の内蔵を開ける鍵は、どこにあるんだ」

弥助が、手代を睨(にら)みつけて訊いた。

「……！」

手代は、口を開かなかった。顔が蒼褪(あおざ)め、その場に立っていられないほど、恐怖で体を顫わせている。

「鍵はどこだ！」

親分が、語気を強くして訊いた。

「……そ、そこの小簞笥の引き出しに……」

手代が、帳場机の後ろの棚に置かれた小簞笥を指差して言った。

「引き出しか」

すぐに親分は帳場机の後ろにまわり、小簞笥の引き出しから鍵を取り出した。鍵についた紐に、ちいさな木片がついていた。木片には何も書いていなかったが、他の鍵と区別するためにつけたのだろう。

「これだな」

親分が鍵を手にして訊くと、手代がうなずいた。

「弥助、松川、広瀬(ひろせ)の三人で手代を連れて奥へ行き、内蔵にある金を運び出してくれ」

親分が男たちを前にして言った。

「承知した」

松川が言った。すると、脇にいたもうひとりの中背の武士が頷いた。この男は広瀬という名らしい。広瀬はまだ若く、十代かもしれない。

弥助たち三人は手代を連れて、廊下を奥にむかった。その場に残ったのは、親分と柴崎である。

弥助たち三人は、四半刻（三十分）ほどして戻ってきた。弥助が千両箱を担ぎ、松川が百両箱を抱えていた。広瀬は、同行した手代の背後につき、刀の柄に手をかけている。手代を逃がさぬように、脅しているらしい。

「親分、大金ですぜ」

弥助が、薄笑いを浮かべて言った。

「そうだな」

親分が、満足そうな顔をしてうなずいた。

「金が手に入りやしたから、店を出やすか」

弥助が訊いた。

「出よう。その前に、やることがある」

親分はそう言うと、刀を抜き、手代に目をむけた。

手代は恐怖で顔を引き攣らせ、立っていられないほど顫えていた。

「逃げるなら、今だ！」

親分が、手代に声をかけた。

その声で、手代は親分に背をむけ、その場から逃げようとした。

「遅い！」

親分は声を上げ、手にした刀を袈裟に払った。

刀の切っ先が、背をむけた手代の首から背にかけてを切り裂いた。

迅い！　一瞬の太刀捌きである。

手代の首から、血が飛び散った。手代は悲鳴も呻き声も上げず、腰から崩れるようにその場に倒れた。

手代は呉服売場の座敷に俯せに倒れると、呻き声を上げて首を持ち上げたが、いっときすると伏したまま動かなくなった。息の音も聞こえない。死んだようだ。

「たわいない」

親分が、口許に薄笑いを浮かべて言った。

「こいつ、どうしやす」

弥助が倒れている手代に目をやり、親分に訊いた。

「放っておけ」

親分が言うと、脇にいた広瀬が、

「死人に口なしだ」

と薄笑いを浮かべて言った。

親分は手代に目をむけたが、

「長居は無用」

と、その場にいる仲間たちに目をやって言った。

親分は手にした刀の血を倒れている手代の袖で拭い取ると、鞘に納め、

「行くぞ」

と声をかけ、戸口の方に足をむけた。

その親分の後に弥助、松川、広瀬、柴崎の四人がつづいた。千両箱は弥助が担ぎ、松川が百両箱を脇に抱えている。

五人の賊は、入ってきたくぐり戸から外に出た。そして、足早に増田屋から離れた。五人の姿が、夜陰のなかに吸い込まれるように消えていく。

3

「いきます！」

狩谷唐十郎が声を上げ、腰に差した刀の柄を握った。

唐十郎の前には、藁を巻いた細い青竹が立ててあった。そこは、神田松永町にある狩谷道場の中だった。小宮山流居合の稽古のために巻藁を斬るのである。通常、巻藁を斬るときは道場の外でやることが多いのだが、今日は朝から小雨のため、道場内でやることになったのだ。

唐十郎は、いくぶん緊張していた。居合の稽古はこのところ連日していたが、実際に巻藁を斬る機会はすくなかった。巻藁は滅多に手に入らなかったからだ。それに、今日は外でなく、道場のなかでの稽古である。

道場内には、唐十郎の父親であり道場主でもある狩谷桑兵衛、それに師範代である本間弥次郎がいた。狩谷道場には門弟が何人か通っていたが、こうした雨の日は、道場に姿を見せないことが多かった。

「入身迅雷、参る！」

唐十郎が声を上げた。

入身迅雷は、小宮山流居合の技のひとつである。夜空を裂く稲妻のように、迅く、鋭く敵の正面から踏み込んで、抜刀しざま敵を斬るのだ。

小宮山流居合は富田流居合の分派で、甲斐国の小宮山玄仙という男が興したと言われているが、富田流居合のことも玄仙という男のこともはっきりしない。

唐十郎は巻藁を前にし、三間ほど離れた場に立つと、巻藁の正面から踏み込んだ。そして巻藁に近付くと、

イヤアッ！

と、裂帛の気合を発して抜刀した。

キラッ、と刀身が光った。次の瞬間、バサッという音がし、巻藁が斜に裂けた。そして、道場の床の上に一尺ほど、巻藁の束が落ちた。

唐十郎は巻藁を斬った次の瞬間、刀身を鞘に納めている。藁屑は、まったく落ちていない。

居合は踏み込みと抜刀の迅さだけでなく、狙った物を斬った後の納刀の迅さも腕のうちである。

「いい太刀捌きだ！」

　桑兵衛が、唐十郎に声をかけた。

「見事です！　若師匠」

　弥次郎も、身を乗り出して声を上げた。

　唐十郎は残された巻藁の前に立ち、

「次は、水車をやってみます」

　と言って、刀の柄に右手を添えた。

　唐十郎が巻藁を前にして立ったとき、道場の戸口で足音がし、「どなたか、おられますか」と男の声がした。何かあったのか、上擦った声である。

「見てきます」

　そう言って、弥次郎が腰を上げ、すぐに戸口にむかった。

　唐十郎は居合の稽古をやめ、桑兵衛とともに道場のなかほどに座した。待つまでもなく、戸口に面した板戸が開き、弥次郎がふたりの男を連れてもどってきた。ふたりは町人らしく、羽織に小袖姿だった。ふたりとも、四十過ぎと思われる。何かあったのか、ふたりは思い詰めたような顔をしていた。

　弥次郎はふたりの男を桑兵衛と唐十郎のそばに連れてくると、ふたりが道場の床に座るのを待って、

「ふたりは商家の方らしいが、何か頼みたいことがあってみえたようです」

と小声で言った。

「てまえは、鍛冶町の呉服屋、増田屋の主人の吉兵衛でございます」

大柄な男が名乗った。

「て、てまえは、増田屋に手代として奉公していた利助という子の親で、権造ともうします」

権造は眉を寄せ、声を震わせて言った。顔から血の気が引いている。

「どうしました」

桑兵衛が、穏やかな声で訊いた。

「実は、知り合いの者から、以前この道場の御方に、殺された子供の敵を討ってもらったことがあると聞きまして、訪ねてまいったのです」

吉兵衛が、唐十郎たち三人に目をやって言った。

「そんなことが、あったかもしれませんが……」

桑兵衛が、苦笑いを浮かべて言った。唐十郎と弥次郎は黙って、吉兵衛と権造に目をむけている。

「実は、お願いがあって参りました」

吉兵衛が言い、脇に座した権造は、唐十郎たち三人を見つめている。

「願いとは」

桑兵衛が訊いた。

すると、権造が吉兵衛に代わって、

「じ、実は、三日前の夜、てまえの倅の利助が……。増田屋に押し入った賊の手で、殺されたのです」

と、声を震わせて言った。

「賊のことは、耳にしましたが……」

桑兵衛が小声で言った。桑兵衛だけでなく、その場にいた唐十郎と弥次郎も、門弟たちから増田屋に押し入った賊の噂は聞いていた。

「賊に大金を奪われましたが、お金は、めげずに商売をつづければ、取り返すことができます。……ですが、奪われた奉公人の命を取り戻すことはできません」

吉兵衛が言った。

すると、脇に座していた権造が、額が道場の床に着くほど低頭し、

「殺された利助の敵を討って欲しいのです。……お願いです。倅の敵を討ってください」

と訴えた。

唐十郎たち三人は、すぐに返答できなかった。三人とも戸惑うような顔をして、権造を見つめている。

「てまえからも、お願いします。利助の敵を討つだけでなく、今後、増田屋が商売をつづけていくためにも、盗賊たちをこのままにしておけないのです」

吉兵衛が言った。

「殺された奉公人の敵を討って欲しいと頼まれても……」

桑兵衛は、語尾を濁した。そばにいる唐十郎と弥次郎の顔にも、戸惑うような表情がある。

「むろん、ただでお頼みするわけではございません」

吉兵衛は小声で言い、持参した袱紗の包みを膝先に置いた。そして、包んできた袱紗を解いた。

袱紗には切餅が四つ、包まれていた。切餅は一分銀百枚、二十五両を方形に包んだものである。四つで百両ということになる。

唐十郎、桑兵衛、弥次郎の三人は、どう返答していいか分からず、口を閉じたまま切餅に目をやっている。

「奉公人の敵を討ってもらえますか」

吉兵衛が念を押すように訊いた。

「敵を討ってくれ、と頼まれても、賊のことは分からないし……」

桑兵衛は語尾を濁した。脇に座している唐十郎と弥次郎は、何も言わず桑兵衛に目をやった。

「盗賊は五人で、そのうち武士は四人です。……ひとりだけ、遊び人ふうの男がいたことが分かっています」

吉兵衛が言った。

「賊は武士か！」

桑兵衛の声が大きくなった。唐十郎と弥次郎も驚いたような顔をして、吉兵衛に目をむけた。

「そうです」

「おれたちは町方とちがって、こうしたことに慣れていない。五人の盗賊を探し出せるかどうか分からないが、やってみてもいい」

桑兵衛が言うと、唐十郎と弥次郎がうなずいた。

桑兵衛たちは道場をひらいていたが、通常の剣術とちがって居合を指南していたので、門弟はすくなく、束脩だけで食べていくことはできなかった。それで、切腹の介錯、屋敷の警護、敵討ちの助太刀などをして口を糊していたのである。

それに、相手が武士となると、ただ賊を捕らえるだけでなく、剣の修行にもなるはずである。

「ありがとうございます」

吉兵衛が、深々と頭を下げた。

権造は「これで、殺された利助も浮かばれます」と声を上げ、額が道場の床に着くほど低頭した。

4

吉兵衛と権造が道場から出ていくと、唐十郎が立ち上がり、

「居合の稽古をつづけます」

そう言って、巻藁の前に立った。そして刀の柄に右手を添えたとき、道場の表の板戸が開いた。

姿を見せたのは、弐平だった。弐平は、貉の弐平と呼ばれる岡っ引きである。小

柄で、顔が妙に大きい。その顔が貉に似ていたのだ。

弐平は道場内に入ってくると、巻藁の前に立っている唐十郎を目にし、

「居合の稽古ですかい」

と言って、薄笑いを浮かべた。

「弐平、何かあったのか」

唐十郎が、刀の柄から手を離して訊いた。

「何もねえ。何もねえから、来てみたんでさァ」

そう言って、弐平はその場にいた唐十郎たち三人に目をやった。

弐平は町人であったが、若いころ剣術の遣い手になりたいと思ったらしい。それで江戸市中の剣術道場をまわったが、相手にされなかった。仕方無く、居合を指南していた狩谷道場に立ち寄り、入門を乞うた。

道場主である桑兵衛は、武士も町人も区別しなかったし、門弟も少なかったので、すぐに弐平の入門を許した。

弐平は狩谷道場に通うようになったが、すぐに居合の稽古に飽きてしまった。居合の稽古は、抜刀や動きが主体で、相手と立ち合うことが少なく、おもしろ味がなかったのだろう。

弐平は居合の稽古はやらなくなったが、狩谷道場には出入りしていた。

桑兵衛や唐十郎が弐平に仕事を頼むことがあったし、弐平も唐十郎たちを頼りにしていた。弐平は下手人が無頼牢人や刃物を持ったならず者などのとき、桑兵衛や唐十郎に助太刀を頼んだのである。

唐十郎は、弐平なら増田屋の一件について耳にしていると思い、

「弐平、増田屋という呉服屋に押し入った賊のことを知っているか」

と訊いてみた。

「話は聞いてやす」

弐平の顔から、薄笑いが消えた。

「賊を探っているわけではないのだな」

唐十郎が、念を押すように訊いた。

「まだ、噂を耳にしただけでさァ」

「それで、事件の探索に当たるつもりなのか」

「その気でいやす。あっしだけでなく、岡っ引きたちはみんな、増田屋の件に当たるつもりでいまさァ」

弐平が身を乗り出して言った。

「それなら、都合がいい。実は、増田屋の主人の吉兵衛と殺された手代の親の権造から、敵を討ってくれと頼まれたのだ。……殺された手代の名は、利助だ」

　唐十郎が話した。

「旦那たちも、増田屋に押し入った賊の探索にあたるんですかい。……ありがてえ。今度の事件は、あっしひとりじゃァ荷が重いと思ってたんでさァ」

　弐平が、ほっとしたような顔をした。

「弐平なら、何から探る」

　唐十郎に代わって、桑兵衛が訊いた。

「あっしは、これから増田屋に行ってみるつもりでさァ」

　弐平が、その場にいた唐十郎たち三人に目をやって言った。

「増田屋の主人の吉兵衛から、事件の話を聞くのか」

「そうじゃァねえ。……旦那たちも、すでに、吉兵衛から話を聞いてやすからね」

「まァ、そうだ」

　唐十郎も、吉兵衛と会って改めて話を聞いても、新たなことは出てこないと思った。

「増田屋の近くで、聞き込みにあたるんで」

弐平が身を乗り出して言った。

「聞き込みだと」

唐十郎が語気を強くして言った。

「そうで……。盗賊たちは、増田屋に押し入る前、店の近くで増田屋のことを探ったはずでさァ」

「そうかもしれん」

唐十郎も、盗賊はあらかじめ店の界隈（かいわい）で探ってから、日をあらためて押し入ったのではないかと思った。

「近所で聞き込みに当たれば、増田屋のことを訊かれた者が見つかるかもしれねえ」

弐平が、その場にいた三人に目をやって言った。

「そうか、増田屋のことを訊かれた者から、賊のことを聞き出すのだな」

唐十郎の声が、大きくなった。

「そうでさァ」

「よし、増田屋に行ってみよう」

唐十郎が身を乗り出して言った。

「居合の稽古は後だな」

桑兵衛も、その気になっている。

5

唐十郎、桑兵衛、弐平の三人は道場を出ると、御徒町(おかちまち)通りから神田川の方へ足をむけた。弥次郎を連れてこなかったが、まず三人で、事件のことを聞き込んでみようと思ったからだ。

唐十郎たちは和泉橋(いずみばし)を渡り、柳原(やなぎわら)通りを西にむかって中山道に出た。その辺りは、須田町(すだちょう)である。さらに、南にむかっていっとき歩くと、神田鍛冶町一丁目に入った。

弐平が街道を歩きながら、

「あれが増田屋ですぜ」

と、通りの先を指差して言った。

通り沿いに、呉服屋らしい店があった。商売を始めたらしく、表戸が開いている。ただ、事件のことが尾を引いているのか、大店(おおだな)らしい活況がなかった。出入りする客はすくなく、店内も静かだった。盗賊が侵入し、手代がひとり殺され、大金を奪われたのだから無理もない。

唐十郎たちは増田屋の近くまで来ると、路傍に足をとめた。

「どうしやす。増田屋に立ち寄ってみやすか」

弐平が、唐十郎と桑兵衛に目をやって訊いた。

「いや、やめておこう。吉兵衛と権造から新たな話は聞けないだろう。それに、客の前で事件のことを話すわけにはいかないからな」

唐十郎が言うと、桑兵衛と弐平がうなずいた。

「それより、増田屋の近所で聞き込んでみないか。盗賊を見た者がいるかもしれん。……知っている者がいるとは思えんが、盗賊のことを知る手掛かりが何か摑めれば、ここまで来た甲斐がある」

桑兵衛が言った。

「手分けして、聞き込みに当たりやすか」

弐平が、身を乗り出して訊いた。

「そうしよう」

すぐに、桑兵衛が言った。

唐十郎たち三人は、一刻（二時間）ほどしたら今立っている場に もどることにして分かれた。

ひとりになった唐十郎は、街道の左右に目をやった。街道は大勢の人が行き来していたが、いずれも土地の住人ではないようだ。

唐十郎は、事件のことを探るなら、街道沿いの店より近くの脇道にある店の者や仕舞屋(しもたや)の住人などに訊いた方が、得ることがあるのではないかと思った。

唐十郎は増田屋から半町ほど離れた場に脇道があるのを目にし、そこで事件のことを訊いてみようと思った。あまり期待はできないが、増田屋に押し入った賊のことで何か知っている者がいるかもしれない。

唐十郎は脇道に入った。道沿いには八百屋(やおや)、下駄屋、米屋などがある。日々の暮しに必要な物を売る店が多いようだ。

行き交う人も、子供連れの母親や老齢の男などが目につく。おそらく界隈に住む男たちは、仕事に出ているのだろう。

唐十郎は道沿いにある八百屋に目をとめた。店の親爺(おやじ)らしい男が、大根や葱(ねぎ)などを台に並べて売っている。

唐十郎は八百屋に近付き、

「店の者か」

と親爺に声をかけた。

親爺は大根を手にしたまま唐十郎に目をやり、不安そうな顔をしたが、

「何か、御用ですかい」

と訊いて、首をすくめるようにして頭を下げた。相手が見知らぬ武士だったからだろう。

「ちと、訊きたいことがあってな」

唐十郎が、穏やかな声で言った。

「なんです」

親爺の顔から、不安そうな表情が消えた。唐十郎の穏やかな物言いを耳にして安心したらしい。

「表通り沿いにある増田屋に盗賊が押し入り、手代がひとり殺され、大金を奪われたことを知っているな」

「知ってやす」

すぐに、親爺が言った。

「ここは、表通りにある増田屋から近い。……事件のことで、何か目にしたことはないかな」

唐十郎が、声をあらためて訊いた。

親爺は手にした大根を指先で撫ぜながら、

「事件とかかわりがあるかどうか分からねえが、胡乱な二本差しを見掛けやした」

と、唐十郎に目をむけて言った。

「話してくれ」

唐十郎は、親爺に身を寄せた。

「増田屋に賊が入る三日前なんですがね。……その角の辺りで、二本差しがふたり、増田屋に目をやって何か話しているのを見掛けたんでさァ」

親爺が、記憶をたどるような顔をして言った。

「そのふたりだが、何を話していたか、耳にしたのか」

すぐに、唐十郎が訊いた。

「何を話していたか、分からねえ」

親爺が、素っ気なく言った。

「そのふたりの身形を覚えているか」

「へい」

「話してくれ」

「ふたりとも、小袖に袴姿でした。……それに、ひとりは刀を差し、竹刀を手にしてやした」

「竹刀だと！」

唐十郎の声が大きくなった。ふたりは、剣術道場と何かかかわりがあるのかもしれない。

親爺は、驚いたような顔をして唐十郎を見た。唐十郎の声が急に大きくなったからだろう。

「この辺りに、剣術道場はないと思うが……」

唐十郎は、この近くに剣術道場があるという話を聞いたことがなかった。

「へい、近くに剣術道場はありやせん」

すぐに、親爺が言った。

「道場は、鍛冶町の外にあるのだろう」

唐十郎は、近くに道場があれば、増田屋を襲ったりしないだろう、と思った。顔を見知った者がいるだろうし、八丁堀（はっちょうぼり）の同心や岡っ引きに道場を探られれば、すぐに増田屋を襲ったことが知れてしまう。

「他に、ふたりのことで覚えていることはあるか」

唐十郎が、声をあらためて訊いた。

「他にはねえが……」

　親爺は、首を捻ってそう言った後、

「あっしがふたりから離れたとき、遊び人ふうの男がひとり、ふたりに近寄ってきて、何か話してやした」

　と、身を乗り出して言った。

「遊び人ふうの男がな」

　唐十郎は吉兵衛から聞いて、五人の賊のなかにひとり、遊び人ふうの男がいたことを知っていた。

「それからどうした」

　さらに、唐十郎が訊いた。

「三人は、話しながら表通りの方へ行きやした」

　親爺はそう言うと、台の上に大根を置いた。見知らぬ武士と話し過ぎたと思ったのかもしれない。

　唐十郎はそれ以上親爺から訊くこともなかったので、

「手間をとらせたな」

　と声をかけ、その場を離れた。

6

唐十郎が、桑兵衛と弐平のふたりと分かれた場所にもどると、桑兵衛の姿はあったが、弐平はまだだった。

「何か知れたか」

桑兵衛が、唐十郎に訊いた。

「五人の賊のことで、知れたこともありますが……」

唐十郎は、語尾を濁した。どうせなら、弐平がもどってから話そうと思ったのだ。

「弐平が来るまで待つか」

すぐに桑兵衛が言った。桑兵衛も、三人揃ってから話した方がいいと思ったようだ。ふたりがそんなやり取りをしていると、通りの先に弐平の姿が見えた。弐平は、小走りに近付いてくる。唐十郎たちの姿を目にしたらしい。

桑兵衛は弐平がそばに来るのを待ち、

「唐十郎から、話してくれ」

と、唐十郎に目をやって言った。

「おれは、胡乱な武士がふたり、増田屋を探っていたらしい話を聞きました」

唐十郎は、そう切り出した。八百屋の親爺は、ふたりの武士が増田屋を探っていたとまでは言わなかったが、唐十郎はそうみたのである。

「どんな武士だ」

すぐに、桑兵衛が訊いた。

「ふたりのうちのひとりが、竹刀を持っていたそうです」

唐十郎は、桑兵衛と弐平に目をやって言った。

「なに、竹刀だと！　すると、ふたりは剣術道場にかかわりのある者か」

桑兵衛の声が大きくなった。

「道場の指南格の者か、門弟か。いずれにしろ、道場から出てきたとみていいのかもしれません」

唐十郎が言うと、

「あっしも、竹刀を持っていた二本差しのことは聞きやした」

弐平が、身を乗り出して言った。

「弐平、話してくれ」

桑兵衛が、弐平に目をやって言った。

「竹刀を持った武士が、増田屋から出てきた客に声をかけ、何か話しているのを目にした者がいたんでさァ」

「やはり、増田屋を探っていたのだな。……どうやら、剣術道場とかかわりのある者が、賊のなかにいたようだ」

桑兵衛が、断定するように言った。

次に口をひらく者がなく、その場が重苦しい沈黙につつまれたとき、

「この近くにある剣術道場ではないと思うが……。かといって、そう遠くではあるまい。増田屋のことを知っていて、店を襲ったのは間違いないからな」

桑兵衛が言うと、唐十郎と弐平がうなずいた。

「いずれにしろ、剣術道場はそう多くないはずだし、増田屋に押し入った賊ではないとしても、どこかの門弟が何か噂を耳にしているかもしれません」

唐十郎が言った。

「そうだな。……ここからはすこし遠いが、平永町(ひらながちょう)になら剣術道場があるはずだ」

桑兵衛が言った。

「あっしも、平永町に剣術道場があると聞いたことがありやす」

弐平が、身を乗り出して言った。

「安川道場だな」

唐十郎も、安川政之助という一刀流の遣い手が、平永町で剣術道場を開いていることを知っていた。ただ近頃、安川道場のことを耳にしないので、今も開いているかどうか分からない。

「ともかく、行ってみるか」

桑兵衛が先にたって、中山道に足をむけた。

桑兵衛、唐十郎、弐平の三人は中山道に出ると、北にむかった。そして須田町まで来ると、右手につづく道に入った。その道の先に、平永町がひろがっている。

唐十郎たち三人は須田町と小柳町を過ぎ、平永町に入った。

「安川道場は、この辺りだったな」

そう言って、桑兵衛は路傍に足をとめた。そして、通りかかった職人ふうの男に近寄り、

「訊きたいことがあるのだがな」

と声をかけた。

男はいきなり武士に声をかけられ、不安そうな顔をしたが、

「何です」

と首をすくめて訊いた。

「近くに剣術道場があるはずだが、どこにあるか知っているか」

桑兵衛が訊いた。

「剣術道場ですかい。……道場はありやすが、今は表戸を閉めたままで、稽古をしている様子はありませんぜ」

男が後ろを振り返って言った。どうやら道場は、男が来た道の先にあるらしい。

「稽古はしてなくとも、道場主は近くにいるのではないか」

さらに、桑兵衛が訊いた。

「へえ……。確か、道場の裏手に母屋(おもや)があって、そこに住んでるはずですがね。今もいるかどうか……」

男は語尾を濁した。

「ともかく、行ってみよう。どう行けばいいか、教えてくれ」

桑兵衛が言うと、男は来た道を振り返り、

「この道を一町(ちょう)ほど歩くと、道沿いに下駄屋がありやす。下駄屋の脇にある道に入(へえ)っていっとき歩くと剣術道場がありやすから、すぐ分かりやす」

と、通りの先を指差して言った。

「手間をとらせたな」

桑兵衛が言い、唐十郎たち三人は来た道をさらに歩いた。

男に言われたとおり一町ほど歩くと、下駄屋があった。店内の台の上に、赤や紫などの鼻緒（はなお）のついた下駄が並べてある。店先に、店主らしき者も客の姿もなかった。

「下駄屋の脇に、道がありやす」

弐平が指差して言った。

店の脇に、細い道があった。道沿いに仕舞屋が並んでいたが、人の姿はなく、空き地なども目についた。

唐十郎たちは、下駄屋の脇の道に入った。いっとき歩くと、通りの先に剣術道場らしい建物があった。

「あれが道場らしいが、表戸はしまっているな」

桑兵衛が、路傍に足をとめて言った。

「道場には、だれもいないようですぜ」

弐平が、道場に目をやりながら言った。道場はひっそりとして、人声も物音も聞こえてこなかった。

「ともかく、近付いてみますか」

唐十郎が言い、桑兵衛と弐平がつづいた。

7

唐十郎たち三人は、通行人を装って道場に近付いた。道場の表の板戸は閉まっていた。だれもいないらしく、道場内から人声も物音も聞こえてこない。

唐十郎たちは、道場の近くまで来て路傍に足をとめた。

「誰もいないようだ」

桑兵衛が言った。道場内に人のいる気配はなく、静寂につつまれている。

「だいぶ傷(いた)んでやすぜ」

弐平が、道場を見つめて言った。

弐平の言うとおり、道場は傷んでいた。道場の脇の板壁は、所々剝(は)げて垂れ下がっていたし、武者窓の格子は取れてしまったところもある。

「裏手に家がありやす」

弐平が、道場の脇から裏手に目をやって言った。

「母屋ではないか」

桑兵衛が言った。

「母屋に、誰かいるかもしれません」

唐十郎は身を乗り出して、裏手を見ている。

「行ってみるか」

桑兵衛が言い、道場の脇の小径に足をむけた。その小径が、母屋につづいているらしい。

桑兵衛の後に、唐十郎と弐平がつづいた。

道場の裏手に、母屋らしい家屋があった。道場と家屋との間は狭いが、庭になっているらしい。松、椿、紅葉などが植えてあった。道場の裏手にある戸を開ければ、母屋と行き来できるようだ。

「母屋に、だれかいるぞ」

桑兵衛が声をひそめて言った。

母屋から、廊下を歩くような足音が聞こえた。誰かいるらしい。

「道場主の安川かな」

弐平が言った。

「どうかな」

唐十郎は、安川ではないような気がした。ひとりで母屋に籠っているとは思えなかったのだ。

「あっしが、探ってきやす」

弐平がそう言って、母屋の戸口に行こうとした。

「待て、弐平、どうする気だ」

慌てて、桑兵衛がとめた。

「ちょいと戸口で、家のなかの様子を探ってみるだけでさァ」

そう言い残し、弐平はその場を離れた。

弐平は足音を忍ばせて家の戸口に身を寄せた。家の中の様子をうかがっている。

間もなく、慌てて戸口から離れ、家の脇へまわった。隠れたらしい。

すぐに戸口の板戸が開き、少し腰のまがった年寄りが出てきた。武士ではなかった。安川に雇われている下男かもしれない。

弐平は戸口から出てきた年寄りを目にすると、家の脇から出て、

「安川さまに奉公している者かい」

と気さくに声をかけた。

男は驚いたような顔をして足をとめ、

「そ、そうだが、おまえさんは……」

と声をつまらせて訊いた。

「おれか、おれは、安川の旦那の手先みてえな者だ。……安川の旦那が道場を出た後、お供することが多いのよ」

弐平が、もっともらしく話した。

「そうかい。……おめえさんも、あっしと同じように安川の旦那の下で働いているのかい」

男が薄笑いを浮かべて言った。

「母屋に、安川の旦那はいねえのかい。道場にはいねえから、母屋にいるとみて来たのだがな」

弐平が訊いた。

「安川さまは、母屋にもいねえよ」

男が素っ気なく言った。

「出掛けたのかい」

「ああ……」

「何処へ行ったんだい」

「分からねえよ。近頃、安川の旦那は、家にいねえことが多いんだ。行き先を口にすることは滅多にねえからな。あっしには、旦那が何処へ行っているか分からねえ」

そう言って、男が苦笑いを浮かべた。

「行き先も分からねえのか」

弐平は、渋い顔をしてそう言った後、

「ところで、門弟だった者が道場に来ることはねえのかい」

と声を改めて訊いた。安川の仲間が道場に来ることがあるはずだ、と思ったのだ。

「あるよ」

男が素っ気なく言った。

「よく来るのかい」

「ちかごろ、顔を出すことが多いな」

「おめえ、顔を出す門弟の名を知ってるかい」

弐平は、門弟のなかに、増田屋に押し入った賊の仲間がいるかもしれない、と思ったのだ。

「柴崎さまと、松川さまなら知ってるけど……」

男は語尾を濁した。顔に不安そうな表情があった。弐平が執拗に門弟の名まで訊くので、不審に思ったのだろう。

弐平の顔が引き締まった。柴崎と松川が、増田屋に押し入った賊ではないかとみたのである。

「柴崎と松川な……」

弐平が口を閉じると、

「あっしは、家の片付けがあるんで」

男はそう言い残し、踵を返して家にもどった。弐平がとめる間もなかった。男は家に入ると表戸を閉めてしまった。

弐平は苦笑いを浮かべて、唐十郎と桑兵衛のいる場に引き返した。

「弐平、うまく聞き出したではないか」

桑兵衛が言った。弐平と男のやり取りが聞こえていたらしい。

「やはり、安川が賊の親分で、門弟たちが子分だな。……ただ、道場を閉じて久しいようだから、道場主と門弟の関係は、薄れているだろう」

唐十郎が言った。

8

唐十郎たち三人は、道場の前の通りにもどった。

「どうしやす」

弐平が訊いた。

「このまま松永町の道場にもどってもいいですが、せっかくここまで来たのです。手分けして近所で聞き込んでみませんか。安川と子分たちのことが摑めるかもしれない。……居所が分かれば、捕らえる手もあります」

唐十郎が言った。

「そうだな、手分けして聞き込みに当たるか。……一刻（二時間）ほどしたら、道場の前にもどることにすればいい」

つづいて桑兵衛が言うと、唐十郎と弐平がうなずいた。

ひとりになった唐十郎は、改めて道場の前の通りに目をやった。道場から一町ほど先の通り沿いに、米屋があるのに目をとめた。搗米（つきごめ）屋で、店のなかに足で踏んでつく唐臼（からうす）があった。いま、仕事を休んでいるらしく、店の親爺らしい男は、戸口近くの小座敷で茶を飲んでいた。

　唐十郎は、搗米屋の戸口に立って、

「訊きたいことがある」

　と声高に言った。

　親爺は見知らぬ武士にいきなり声をかけられて驚いたらしく、

「な、何を訊きたいのです」

　と、声をつまらせて言った。そして、手にしていた湯飲みを慌てて膝の脇に置いた。

「この先に、剣術道場があるな」

　唐十郎が、店の戸口に立ったまま訊いた。

「あ、ありやす」

「道場は閉じているようだが、稽古はしないのか」

　唐十郎が声高に訊いた。

「三年ほど前から、道場は閉めたままでさァ」

　親爺の顔から、不安そうな表情が消えた。危害を加えられることはなさそうだと思ったらしい。

「道場を開く気はないのか。……おれの知り合いの男の弟がな、剣術道場に入門して、稽古をしたいと言っているのだ。それで、道場を開くなら入門させたい」

唐十郎は、咄嗟(とっさ)に頭に浮かんだことを口にした。

「近いうちに、道場を建て直して開くと聞きましたよ」

親爺が言った。

「道場を建て直すのか！」

唐十郎の声が、大きくなった。安川は増田屋に押し入って得た金で、道場を建て直すのではないかと思った。安川が道場を建て直すために門弟だった仲間たちと増田屋に押し入ったとみてもいい。

「そう聞いてやす」

「それにしても、道場を建て直すような金があるのかな」

唐十郎は、親爺に首を傾(かし)げてみせた。

「てまえも、道場を建て直すような金があるのか、不思議に思ってるんですよ」

親爺も首を捻っている。

「どこかに、金蔵でも持っているのではないかな」

唐十郎はそう言い残し、搗米屋の戸口から離れた。これ以上、親爺と話していても、得るものはないとみたのである。

　それから唐十郎は、通り沿いにある他の店にも立ち寄って話を聞いたが、新たなことは分からなかった。

　唐十郎が道場の前にもどると、桑兵衛と弐平が待っていた。

「どうだ。歩きながら話すか」

　桑兵衛が言い、三人は来た道を引き返した。

「俺から話します」

　唐十郎がそう言い、搗米屋の親爺から聞いた話をかいつまんで話した。

「あっしも、道場を建て直すという話を聞きやした」

　弐平が身を乗り出して言うと、

「俺も、その話は聞いたぞ」

　すぐに桑兵衛が言った。

「どうやら安川たちは、道場を建て直す金を手にするために、増田屋に押し入ったらしい」

　唐十郎が言うと、桑兵衛と弐平がうなずいた。

　三人は歩きながら、今後どうするか相談した。

「いずれにしろ、安川と仲間を捕らえるなり討つなりするまでは、道場から目が離せないということだな」

桑兵衛が言った。

「これから、どうしますか」

唐十郎が、桑兵衛と弐平に目をやって訊いた。

「安川をこのまま放ってはおけないな」

桑兵衛の顔に、憤怒の形相が浮かんだ。武士とも思えない安川のやり方に、強い怒りを覚えたのだろう。

「増田屋と権造から依頼されたこともあるし、安川たちの思いどおりにやらせるわけにはいかない」

唐十郎も、語気を強くした。

「あっしも、安川たちをお縄にしてえ」

めずらしく、弐平が憤怒に顔を染めた。

唐十郎、桑兵衛、弐平の三人は、顔をしかめたまま歩いた。そして、安川道場から離れたところで、

「今日のところはおれたちの道場に帰るが、また出直そう。安川や仲間たちは、道場

の裏手にある母屋にもどるはずだ」
桑兵衛が言うと、唐十郎と弐平がうなずいた。

第二章　つぶれ道場

1

「これから、どうしますか」

唐十郎が、桑兵衛と弥次郎に目をやって訊いた。

三人がいるのは、狩谷道場の中だった。居合の稽古を終え、門弟が帰った後である。もっとも、門弟はすくなく、何人も稽古に来ていなかったので、稽古を終えた後の解放的な雰囲気はない。

「おれも、御師匠たちにくわわりたい」

弥次郎が身を乗り出して言った。

弥次郎は、増田屋の主人吉兵衛と手代の親の権造から、殺された利助の敵を討って欲しいという依頼を受けたとき道場にいたが、唐十郎たちと一緒に行動することはなかった。

唐十郎と桑兵衛は、師範代格の弥次郎には残って欲しかった。人数はすくないが道場には門弟が来るし、弐平をくわえて四人で出掛けることはない、という思いがあったからだ。

「相手が剣術の道場主であり、腕のたつ仲間もいるとなると、弥次郎にも行ってもらいたいが」

桑兵衛が、弥次郎に目をむけて言った。

「門弟たちの稽古は、どうします。交替で、道場に残りますか」

唐十郎が、桑兵衛と弥次郎に目をやって訊いた。

「その必要はあるまい。これまでも、おれたちがいないときは、勝手に道場内に入って稽古をしてもいいということになっているからな」

桑兵衛が言うと、

「門弟たちが大勢来れば別だが、そうでないときは、弥次郎も一緒に来てもらいましょう。稽古は門弟にまかせればいい。これまでも、そうしたことはあったからな」

唐十郎が、弥次郎に言った。

「相手にもよりますが、今後は、それがしも同行させてもらいます」

そう言って、弥次郎は唐十郎と桑兵衛に頭を下げた。

「そうしてくれ」

桑兵衛が言い、それで話は決まった。

それからいっときして、道場の表戸を開ける音がした。土間に入る足音がした後、板戸が開いた。

姿を見せたのは、弐平だった。弐平は急いで来たらしく、息が荒かった。顔に汗が浮いている。

「どうした、弐平」

唐十郎が訊いた。

「た、大変です！　岡っ引きが、殺されやした」

弐平が、声をつまらせて言った。

「岡っ引きが殺されただと」

桑兵衛が訊き直した。

「や、安川道場の近くで」

弐平は、まだ荒い息を吐いている。

「その岡っ引きは、安川道場を探っていたのではないか」

唐十郎が訊いた。

「まだはっきりしねえが、安川道場を探っていたにちがいねえ。あっしに話した男は、殺したのは腕のたつ武士らしいと言ってやしたから」

「だとすると岡っ引きは、道場主の安川か、それとも腕のたつ安川の仲間に殺されたとみていいな」

桑兵衛が言うと、その場にいた唐十郎と弥次郎がうなずいた。

「どうしやす」

弐平が訊いた。

「殺された現場は」

唐十郎は、傍（かたわ）らに置いてあった刀を引き寄せた。すぐにも現場へ行くつもりなのだろう。

「柳原通りで、和泉橋から二町ほど西にいったところでさァ」

そう言って、弐平は唐十郎たち三人に目をやった。

「そうか。おそらく、安川道場を探った帰りだな」

桑兵衛が言った。安川道場は柳原通りに近い平永町にあるので、岡っ引きは安川道場を探った帰りに殺されたとみていいようだ。

「和泉橋の近くなら、それほど遠くない。これから行ってみますか」

そう言って、唐十郎は刀を腰に差した。

「行きましょう」

弥次郎も、刀を手にして立ち上がった。

唐十郎、桑兵衛、弥次郎の三人は、岡っ引きが殺された現場に行くために、弐平につづいて道場を出た。

唐十郎たちは、御徒町通りに入った。その通りを南にむかえば、神田川にかかる和泉橋のたもとに出られる。橋を渡った先が柳原通りなので、岡っ引きが殺された現場はすぐである。

唐十郎たちは和泉橋を渡り、柳原通りに出た。

「こっちでさァ」

弐平が先にたち、柳原通りを西にむかった。

一町ほど行くと、前方に人だかりができていた。そこが、岡っ引きの殺された現場らしい。通りすがりの野次馬が多いようだったが、御用聞きや町奉行所の同心らしい男の姿もあった。岡っ引きが殺されたと聞いて駆け付けたのだろう。

唐十郎、桑兵衛、弥次郎、それに弐平の四人は、人だかりの後ろに立って、地面に横たわっている男に目をやった。

男は地面に仰向(あおむ)けに倒れていた。苦しげに顔をしかめている。肩から胸にかけて着物が斬り裂かれ、血に染まっていた。付近の地面にも血が飛び散っている。

「一太刀(ひとたち)か」

桑兵衛が小声で「下手人は腕のたつ武士とみていいな」と言い添えた。

「殺られたのは、昨夜のようです」

唐十郎が言った。死体の肌の色や血のかたまりぐあいから、そうみたらしい。

2

唐十郎たち四人はいっときすると、死体のそばから離れた。それ以上死体を見ていても、得るものはないと思ったからだ。

唐十郎たちが人だかりから離れるとすぐ「これから、どうしやす」と弐平が小声で訊いた。

「どうだ、近所で聞き込んでみないか。現場に集まっているのは、通りすがりの者が多いようだ。おそらく、殺された岡っ引きの名も知らないだろう」

唐十郎が言った。

「半刻（一時間）ほどしたらまたこの現場に戻ることにし、手分けして近所で聞き込んでみないか。……殺された岡っ引きが、何を探っていたか知りたい。それに、下手人を見た者がいるかもしれない」

桑兵衛が言うと、その場にいた唐十郎、弥次郎、弐平の三人がうなずいた。ひとりになった唐十郎は、人通りの多い柳原通りより、安川道場の近くの方が岡っ引きのことを知っている者がいるのではないかと思った。岡っ引きが安川道場を探っていたとみたからだ。

唐十郎は、柳原通りから安川道場のある平永町にむかった。そして、下駄屋の脇にある道に入った。唐十郎は桑兵衛たちと安川道場を探ったことがあったので、道筋は分かっていた。

いっとき歩くと、道沿いに安川道場が見えてきた。道場の表戸は閉まっている。付近に、安川や門弟らしい男の姿はなかった。

……近付いてみるか。

唐十郎は胸の内でつぶやき、道場に足をむけた。

道場はひっそりとして、人のいる気配はなかった。唐十郎は、裏手にある母屋も覗いてみようかと思ったが、やめた。安川ひとりならいいが、門弟たちが何人かいれば、返り討ちに遭う。それに、唐十郎ひとりでは、安川と顔を合わせても、殺された御用聞きについて話を聞くことなどできないだろう。

唐十郎は話が聞ける者はいないかと思い、通りに目をやると、半町ほど先を歩いてくるふたり連れの武士が目にとまった。ふたりとも若侍だった。小袖に袴姿で、大小を腰に差している。近所の武家屋敷に住む者だろう。

ふたりは、何やら話しながら唐十郎に近付いてきた。

唐十郎はふたりがそばに来るのを待ち、

「手間をとらせてすまないが、訊きたいことがあるのだ」

と、穏やかな声で言った。

「何です」

年上と思われる大柄な若侍が言った。

「ふたりは、和泉橋の近くで御用聞きが何者かに殺されたのを知っているか」

唐十郎が、声をひそめて訊いた。

ふたりは戸惑うような顔をして唐十郎を見たが、

「知ってますよ」

と、大柄な若侍が言った。もうひとり、瘦身の若侍は、黙って唐十郎を見つめている。

「おれは、殺された御用聞きと知り合いでな。この近くで聞き込みにあたっていたことは承知していたが、何を探っていたか、知らないのだ。……噂でいいが、ふたりは御用聞きが探っていたことを耳にしてないか」

唐十郎は、頭に浮かんだ作り話を口にして、殺された御用聞きのことを聞き出そうとした。

「噂は聞きましたが、本当かどうか……」

大柄な若侍は、語尾を濁した。

「噂でいい。何か耳にしたことがあったら、教えてくれ」

唐十郎が身を乗り出して言った。

「近所に住む人が話していたのを耳にしたのですが……」

大柄な若侍がそう切り出し、御用聞きは道場のことだけでなく小料理屋のことも訊いてましたよ、と言い添えた。

「小料理屋だと。どういうことだろう」

唐十郎が、ふたりの若侍に目をやって訊いた。これまで、安川と小料理屋のかかわりを耳にしたことがなかったのだ。

「小料理屋が、何か事件とかかわりがあったのかも知れません」

大柄な若侍が、首を傾げた。はっきりしないのだろう。

「その小料理屋だが、どこにあるか知っているか」

念のため唐十郎は、小料理屋にあたってみようと思った。

「この通りを行くと、道沿いに蕎麦屋があります。その蕎麦屋の脇の道に入るとすぐ、小鈴という小料理屋があります。その店のようですが……」

大柄な若侍は、語尾を濁した。断定できないのだろう。

「手間をとらせたな」

唐十郎は、ふたりに礼を言って別れた。ともかく小鈴という小料理屋を探し、道場主の安川と何かかかわりがあるかどうか訊いてみようと思った。

唐十郎がふたりの若侍に聞いたとおり、蕎麦屋の脇の道に入ると、道沿いに小料理屋らしい店が見えた。

間口の狭い店だが、戸口は洒落た格子戸になっていて、脇に「御料理　小鈴」という看板が出ている。

「この店だな」

唐十郎が路傍に足をとめると、背後から近付いてくる足音が聞こえた。

振り返ると、弐平が小走りに近付いてくる。

「旦那、小鈴は、その店ですかい」

弐平が小声で訊いた。どうやら弐平も小鈴のことを聞き込んで、この場に駆け付けたのだろう。

「そうらしい」

「殺された岡っ引きの長次は、小鈴を探っていたようですぜ」

弐平は、長次という名を口にした。どこかで耳にしたのだろう。

「おれも、殺された男が小鈴を探っていたと聞いて、来てみたのだ」

唐十郎は、小鈴に目をやったまま言った。

「やはり、そうですかい」

「どうだ、小鈴の近くで聞き込んでみるか。岡っ引きの長次が、なぜ殺されたのか分かるかもしれん」

「どうです。聞き込みを別々にして、小半刻（三十分）ほどしたら、この場に戻ることにしやすか。狩谷の旦那たちも小鈴のことを聞いて、ここに来るかも知れねえ」

弐平が言った。

「そうしよう」

唐十郎も、桑兵衛と弥次郎が小鈴のことを耳にして、この場に姿を見せるのではないかと思った。

3

ひとりになった唐十郎は、小鈴のある通りの先に目をやった。小鈴のことで話を聞ける店はないか、探したのである。

そこは脇道だが人通りがあり、道沿いには、居酒屋、蕎麦屋、一膳めし屋などの飲み食いできる店が並んでいた。

唐十郎は、蕎麦屋から出てきたふたり連れの職人ふうの男に目をとめた。酔っている様子はないので、酒は飲まずに蕎麦だけ食って出てきたのだろうか。

唐十郎は、ふたりの男に訊いてみようと思い、後を追った。そして、ふたりの男に追いつくと、

「待ってくれ！」

と声をかけた。

ふたりの男は驚いたような顔をして足をとめた。

「あっしらですかい」

と、年上と思われる男が訊いた。

「そうだ。ちと、訊きたいことがあってな。歩きながらでいい」

唐十郎は、ふたりの男と肩を並べて歩きだした。

「何が訊きてえんです」

年上の男が、唐十郎に訊いた。

いきなり見ず知らずの武士が声をかけてきて、一緒に歩きだしたからだろう。年上の男は不安そうな顔をしている。

「ふたりは今、そこの蕎麦屋から出てきたな」

唐十郎が、背後を振り返って言った。

「へい、今日は仕事が早く終わったので、一杯（いっぺえ）やってきやした」

年上の男が言った。

「近くで、御用聞きが殺されてな。その御用聞きが小鈴のことを探っていたと聞いたのだが、なにか噂話を耳にしていないか」

唐十郎は、噂話と口にした。その方が話しやすいと思ったのだ。

「あっしも、そんな話を聞きやしたぜ」

もうひとりの若い男が、身を乗り出して言った。

「やはり長次は、小鈴を探っていて殺されたのか」

唐十郎が呟(つぶや)いた。

ふたりの男は戸惑うように顔を見合わせたが、

「旦那は、お奉行所の方ですかい」

と、年上の男が訊いた。唐十郎のことを、事件を探っている町方同心と思ったのかもしれない。

「い、いや、おれは、殺された御用聞きと知り合いなのだ」

咄嗟に、唐十郎は思いついたことを口にした。

「そうですかい」

年上の男が言い、口をつぐんだまま少し歩いてから、

「小鈴の女将(おかみ)さんを知ってやすか」

と、声をひそめて訊いた。

「知らぬが」

「おれんさんという名でしてね。なかなか色っぽい年増(としま)でさァ」

年上の男はそう言った後、すこし間をとってから、

「おれんさんの情夫(いろ)が、剣術の道場を開いていると聞いたことがありやすぜ」

と、唐十郎に目をやって言い添えた。

「なに！　情夫（いろ）が道場主だと」

唐十郎の声が、大きくなった。

「そう聞いてやす」

「やはりそうか」

唐十郎は、安川が小鈴に出入りしていることは間違いないと思った。殺された長次は、安川を探っていたのかもしれない。

唐十郎が口をつぐんでいると、

「あっしらは、急いでいやすんで」

年上の男が言い、もうひとりの男と一緒に足早に唐十郎から離れた。見ず知らずの男と話し過ぎたと思ったのかもしれない。

それから唐十郎は、小鈴からすこし離れた場所で聞き込みをつづけたが、新たなことはつかめなかった。

唐十郎が小鈴の店の前にもどったとき、足早に歩いてくる弐平を目にした。

弐平は唐十郎のそばに来るなり、

「小鈴の女将は、安川の情婦（いろ）らしいですぜ」

と、声をひそめて言った。

「おれもそのことを耳にしていてな。先ほど、店から出てきたふたり連れに訊いてみたのだ」

唐十郎は、ふたりの職人ふうの男から聞いたことをかいつまんで話した。

「やっぱり、安川は女将の情夫でしたかい」

弐平が言った。

「まちがいない」

「どうしやす。……近所で聞き込んでみやすか」

弐平が訊いた。

「弐平、父上たちと分かれて、半刻（一時間）ほど経つぞ」

唐十郎が言った。桑兵衛と弥次郎は、もどると決めた柳原通りの長次が殺された現場で待っているのではないかと思った。

「もどりやしょう」

弐平が慌てた様子で言った。

4

唐十郎と弐平が、半刻（一時間）ほどしたらもどることに決めていた柳原通りに来ると、通り沿いに植えられた柳の陰に、桑兵衛と弥次郎の姿があった。唐十郎たちを待っているらしい。

唐十郎と弐平がふたりに近付くと、

「どうだ、何か知れたか」

すぐに、桑兵衛が訊いた。脇に立っている弥次郎も、唐十郎と弐平に目をむけて、ふたりが話すのを待っている。

「殺された岡っ引きは、長次という名であることが知れました」

唐十郎が言うと、

「おれたちも、岡っ引きの名が長次であることは、聞き込みで摑んでいる」

桑兵衛が言った。すると、弥次郎がうなずいた。

「それから、長次は小鈴という小料理屋を探っていて殺されたようです。……小鈴の女将の名はおれんで、情夫が安川のようです」

唐十郎は、安川の名を出してはっきりと言った。

「なに！　情夫（いろ）が安川だと」

桑兵衛が、声高に言った。そばにいた弥次郎も、驚いたような顔をしている。

「長次は、安川を探っていて殺されたのです」

唐十郎が、はっきりと言った。

「安川は、長次に探られているのを知って、殺したわけだな。……長次がもともと探っていたのは、増田屋に押し入った盗賊ではないか」

「おれもそうみてます」

唐十郎が、言った。

「これで、安川が増田屋に押し入った盗賊のひとりだとはっきりしたな。安川は盗賊の頭目とみていい。まだ決め付けられないが、他の三人の武士も安川道場と何かかかわりのある者たちではないかな。門弟ならば、納得できるが……」

桑兵衛が言うと、そばにいた弥次郎がうなずいた。

次に口をひらく者がなく、その場が沈黙につつまれると、

「どうしやす。帰り（けえ）に、安川道場を覗いてみやすか。安川がもどっているとは思えねえが、門弟だった奴に話を聞けるかもしれねえ」

弐平が、その場にいる男たちに目をやって言った。

「そうだな。行ってみるか」

桑兵衛が言うと、唐十郎と弥次郎がうなずいた。

唐十郎たち四人は来た道を引き返し、前方に安川道場が見えてくると、路傍に足をとめた。

「変わった様子はないな」

桑兵衛が言った。道場の表戸は、閉まったままだった。ひっそりとして、人声も物音も聞こえない。

「安川は、裏手の母屋にいるかな」

弥次郎が言った。

「いないな。安川が岡っ引きの長次を殺した後、母屋にもどったとは考えられん」

桑兵衛が言うと、唐十郎と弥次郎がうなずいた。

「念のため、あっしが覗いてきやすよ」

弐平はそう言うと、小走りに道場にむかった。そして、道場の脇の小径をたどって裏手に近付いた。

唐十郎たち三人は、道場の脇まで来て足をとめた。そして、いっときすると、小径の先に弐平の姿が見えた。

弐平は小走りに小径をたどり、唐十郎たちのそばに来ると、

「い、家には、下男しかいねえ」

と、荒い息を吐きながら言った。急いで来たので、息切れがしたようだ。

「やはりそうか」

桑兵衛が言うと、その場にいた唐十郎と弥次郎がうなずいた。

「どうしやす」

弐平が、男たちに目をやって訊いた。

「今日のところはこのまま引き上げて、出直すしかないな」

そう言って、桑兵衛も男たちに目をやった。

「帰(けえ)りやすか」

弐平が言った。

「待て」

唐十郎が声をかけた。

そのとき唐十郎は、通りの先に若侍がふたりいるのに目をとめたのだ。ふたりは竹刀を振るような真似(まね)をしながら歩いてくる。

「あのふたり、安川道場の門弟だったことがあるのではないか」

桑兵衛が言った。

「おれが、ふたりに訊いてきます」

唐十郎が言い、小走りに通りの先にむかった。

後に残った桑兵衛たち三人は、道場の脇を歩いて母屋に近付いた。通りから見えないように姿を隠したのである。

唐十郎はふたりの若侍に近付き、

「ちと、訊きたいことがあるのだがな。ふたりの足を止めさせるわけにはいかないので、歩きながらでいい」

と、声をかけた。

ふたりは唐十郎が近付いたとき、用心するような顔をしたが、声をかけられると、警戒の色は消えた。そして、唐十郎と肩を並べて歩きながら、

「何を訊きたいんですか」

と、年上らしい若侍が訊いた。

「いや、実はおれの弟が、剣術を習いたいと言い出してな。ここに剣術道場があると聞いて来てみたのだが、道場は閉まったままだ」

唐十郎が、もっともらしく言った。

すると、年上らしい若侍が、

「今は閉まってますが、近いうちに道場を建て直して、開くと聞いてますよ」

そう言うと、脇にいたもうひとりの小柄な若侍がうなずいた。

「新しく建て直すのか」

唐十郎が、声を大きくして訊いた。

「そう聞いてます」

年上の若侍が言った。

「しかし、道場を建て直すには、大金がいるだろう。道場主には、金持ちの後ろ盾でもいるのかな」

唐十郎は、安川たちが増田屋に押し入って手にした金だろう、と思ったが、そのことは口にしなかった。

「お金のことは、分かりませんが……」

年下らしい痩身の武士は、そう言った後、

「噂ですが、お金は都合がつくという話ですよ。道場主の安川さまには後ろ盾になってくれるお方がいて、道場を建て直すために援助してくれるという話を聞きました。

それに、門弟だった方たちも、すこしずつ出し合うようですよ」

と、言い添えた。

「そんな話があるのか」

「それがしたちも、道場が新しくなったら、また門弟として通うつもりでいます」

年上らしい男が言うと、瘦身の男がうなずいた。

唐十郎は胸の内で、安川は増田屋に押し入って大金を得たことを隠すために、後ろ盾がいると言い触らしたようだ、と思った。

唐十郎が口を閉じると、

「それがしたちは、急いでいますので」

年上らしい男が言い、ふたりは足早にその場を離れた。

唐十郎たちは道場の近くにとどまり、道場のことを知っていそうな者が通ると話を聞いたが、新たなことは分からなかった。

「安川が、道場を建て直す気でいることが改めて分かっただけだが、今日のところは帰るか」

桑兵衛が、男たちに目をやって言った。

5

翌日、唐十郎、桑兵衛、弥次郎、それに弐平の四人は、狩谷道場を出ると、安川道場のある平永町にむかった。

唐十郎たちは、何としても増田屋に押し入った盗賊の頭目である安川はむろんのこと、仲間の四人を捕らえるなり討つなりしたかった。このままでは、増田屋の吉兵衛や権造からの依頼に応えられない。

唐十郎たち四人は平永町に入り、前方に安川道場が見えてくると路傍に足をとめた。

「見たところ、道場に変わった様子はないようだ」

弐平が、道場に目をやりながら言った。

「道場は、普請を始めるまではそのままだろう。……まず、母屋に安川がもどっているかどうか確かめよう」

桑兵衛が、唐十郎たち三人に目をやって言った。

「あっしが、母屋をみてきやすよ。家の近くまで行けば中の様子は分かるし、下働きの男が家から出てくれば、話も聞けやす」

弐平が言った。

「弐平、無理をするなよ」

桑兵衛が声をかけた。

「旦那たちは、ここで待っててくだせえ」

弐平はそう言い残し、ひとりだけ母屋に足をむけた。

弐平は母屋の脇の小径をたどって裏手にむかった。弐平は、何度かそうやって母屋を探っていたので、慣れた様子である。

弐平が道場の裏手にまわると、その姿が見えなくなった。母屋の前まで行き、なかの様子を窺っているにちがいない。

いっときすると、道場の脇から弐平が出てきた。弐平は、小走りに唐十郎たちのいる場にもどってくる。

弐平は唐十郎たちのそばに来るなり、

「母屋に、安川はいませんぜ」

と、唐十郎たちに目をやって言い、

「母屋にいる親爺に、それとなく訊いたんですがね。安川は、三日ほど母屋には帰ってないようですぜ」

と口早に言い添えた。

「すると、小料理屋の小鈴か」

弥次郎が身を乗り出して言った。

「そうみていいな」

唐十郎も、安川は小鈴にいるとみた。

「どうしやす。小鈴に行ってみやすか」

弐平が、男たちに訊いた。

「ここで母屋を見張っていても、安川はなかなかもどらないでしょう。小鈴に行った方が早いな」

唐十郎が言うと、その場にいた男たちがうなずいた。

唐十郎たち四人は、道場の前の道をさらに歩き、蕎麦屋の脇の道に入った。その道を入ると、道沿いにある小鈴が見えてきた。

唐十郎たちは、小鈴からすこし離れた路傍に足をとめた。まだ、安川に知られたくなかったのだ。

「あっしが、様子を見てきやしょうか」

弐平が言った。

「頼む。弐平の方が、目立たなくていいだろう」

武士が小鈴の近くで様子を探っていたら通行人が不審を抱くだろうと、唐十郎は思った。小鈴にいる者が気付くかもしれない。

弐平は通行人を装って小鈴に近寄り、店の前で草履を直す振りをして中の様子を窺っていた。いっときすると、弐平は小鈴の前から離れ、唐十郎たちのいる場にもどってきた。

「どうだ、安川は小鈴にいたか」

すぐに、桑兵衛が訊いた。

「安川かどうかはっきりしねえが、二本差しらしい物言いをする客はいやした」

弐平が言った。

「その客が安川とみていいのではないか。小料理屋に武士が客として来ることは、珍しいからな」

桑兵衛が言うと、その場にいた男たちがうなずいた。

「どうします」

唐十郎が、その場にいた男たちに目をやって訊いた。

「弐平、他にも客はいたか」

桑兵衛が、念を押すように弐平に訊いた。

「店から、武士でない男の声も聞こえやした。はっきりしねえが、男の客が何人かいるらしい」

「そうか。……他の客が何人かいるなかに、踏み込めないな。大騒ぎになるだろうし、肝心の安川に逃げられる」

唐十郎が言った。その場にいた男たちがうなずいた。

「仕方無い。安川が、店から出てくるまで待つか」

桑兵衛が、男たちに目をやって言った。

唐十郎たち四人は、小鈴の斜向かいにある蕎麦屋の脇に身を隠し、そこから小鈴の店先に目をやった。

「出てこねえなァ」

弐平が両手を突き上げ、伸びをしながら言った。

小鈴から、安川はなかなか出てこなかった。いつ出てくるかも分からない。下手をすると、安川はこのまま小鈴に泊まるかもしれない。

「あっしが、店を覗いてきやしょうか」

そう言って、弐平が小鈴に足をむけたが、すぐに足がとまった。小鈴の戸口の格子戸が開いて、男がふたり姿を見せたのだ。ふたりとも職人ふうだった。小鈴で一杯やった帰りかもしれない。

「あのふたりに、訊いてきやす」

弐平が、すぐにその場を離れた。

弐平はふたりに追いついて声をかけると、何やら話しながら一緒に歩いていたが、いっときすると、足をとめて踵を返し、唐十郎たちのそばにもどってきた。

「どうだ、安川はいたか」

唐十郎が、弐平に念を押すように訊いた。

「それらしき武士がいるようです。あっしが訊いたふたりの男は、安川の名は知らなかったが、武士が四人、小上がりで、女将を相手に酒を飲んでたと言ってやした」

「武士が四人か。大勢だな。安川と一緒にいた三人は、増田屋を襲った安川の仲間かもしれんな」

唐十郎が言うと、

「あっしも、そうみやした」

弐平が、身を乗り出して言った。

その場にいた桑兵衛と弥次郎もうなずいた。

6

「どうしやす」

弐平が、唐十郎たちに目をやって訊いた。

「ともかく、安川たちが小鈴から出てくるまで待とう」

唐十郎が言うと、男たちがうなずいた。

唐十郎たち四人は、小鈴から半町ほど離れた道沿いにあった下駄屋の脇に身を隠して、安川が出てくるのを待った。

それから、唐十郎たちは半刻（一時間）ほど待ったが、安川も他の武士も、小鈴から姿を見せなかった。

「出てこねえなァ」

弐平が、生欠伸（なまあくび）を噛（か）み殺して言った。

「そう慌てるな。安川が女将を相手に酒を飲んでいるなら、すぐには出てこないはずだ。下手をすれば、今夜、安川は小鈴に泊まるかもしれんぞ」

桑兵衛が言った。

「小鈴に泊まったら、どうにもならねえ。……店を覗くこともできねえし、出てくるのを待つしかねえのか」

弐平がうんざりした顔をして言ったとき、小鈴の戸口の格子戸が開いた。

「誰か、出てきやす！」

弐平が、昂った声で言った。

唐十郎、桑兵衛、弥次郎の三人も、身を乗り出して小鈴の戸口に目をやった。戸口から姿を見せたのは、ふたりの遊び人ふうの男だった。ふたりは戸口から出ると、何やら話しながら小鈴の前の道を歩いていく。

「あっしが、あのふたりに訊いてきやす」

弐平はそう言い残し、小走りにふたりの男にむかった。唐十郎たち三人は、弐平とふたりの遊び人ふうの男に目をやっている。

このとき、ふたたび小鈴の格子戸が開き、武士がひとり顔を出した。武士は、下駄屋の脇にいる唐十郎たち三人に目をとめると、慌てて格子戸を閉めて店にもどった。

武士は唐十郎たちのことを知っているらしい。

唐十郎たち三人は、ふたりの遊び人ふうの男と弐平に目をやっていて、新たに小鈴から出てきた武士に気付かなかった。

弐平は、ふたりの遊び人ふうの男と何やら話しながらいっとき歩いていたが、弐平だけ足をとめ、踵を返すと、足早に唐十郎たちのいる場にもどってきた。遊び人ふうのふたりの男は、そのまま歩いていく。

「どうだ、何か知れたか」

唐十郎が、弐平に訊いた。

弐平は肩で息しながら、

「や、安川は、やはり店にいるようです」

と、声をつまらせて言った。

「いるか。……安川が、店から出てくるのを待って討つしかないな」

桑兵衛が、身を乗り出して言った。

「安川はいつ出てくるか、分かりませんぜ。今、聞いた男の話によると、安川は小鈴に泊まることもあるそうでさァ」

「安川は、小鈴の女将の情夫(いろ)か」

桑兵衛が、渋い顔をした。

次に口を開く者がなく、その場が重苦しい沈黙につつまれたが、

「だが、ここで手を引くことはできん。安川が店から出て来るのを待とう」

桑兵衛が語気を強くして言った。

すると、その場にいた唐十郎、弥次郎、弐平の三人がうなずいた。

それから、どれほどの時が流れたのか、辺りは淡い暮色につつまれてきたが、安川は小鈴から姿を見せなかった。

「店に踏み込みますか」

めずらしく、弥次郎が言った。痺れを切らしたらしい。

「店には、安川の他に武士が三人いる。踏み込めば、勝手の分からない狭い店内での斬り合いになる。おれたちに勝ち目はないぞ」

桑兵衛が顔を険しくして言うと、その場にいた唐十郎たちがうなずいた。

それから、小半刻（三十分）ほど経ったろうか。辺りが薄暗くなってきた。小鈴から淡い灯が洩れている。

「今日のところは、諦めて引き上げますか」

唐十郎が言った。すると、その場にいた三人が、うんざりした顔でうなずいた。

「帰るか」

桑兵衛が言い、身を隠していた下駄屋の脇から通りに出た。すぐに、唐十郎、弥次郎、弐平の三人がつづいた。

唐十郎たちが、来た道を引き返して半町ほど歩いたときだった。小鈴の格子戸が開き、牢人体の男がひとり出てきた。男は唐十郎たちの後ろ姿を目にすると、慌てた様子で小鈴にもどった。店内にいる安川に知らせるためである。

すぐに、小鈴の戸口から男たちが出てきた。武士が四人、それに遊び人ふうの男がふたりいた。総勢六人である。

武士は安川と柴崎、それに若い男がふたりいた。柴崎は、増田屋に押し入った仲間のひとりである。他のふたりは、安川道場の門弟だった男だった。ふたりの名は、青木(あおき)裕助(ゆうすけ)と丸山政之助(まるやままさのすけ)である。

「執念(しゅうねん)深いやつらだ」

安川が顔をしかめて言った。

「どうします」

青木が訊いた。青木と丸山は、このところ安川の子分のように動いていた。

「面倒だ。ここで始末するか」

安川が言った。

「だが、あいつらは腕がたつ。……迂闊(うかつ)に仕掛けたら返り討ちだぞ」

柴崎の顔は険しかった。

「どうだ。六人のうち三人が、脇道を通ってやつらの前にまわり、後ろから三人で行って、挟み撃ちにするか」

そう言って、安川はその場にいた男たちに目をやった。

「おれが、やつらの前に出る」

青木が身を乗り出して言った。

「青木と丸山、それに浅次(あさじ)の三人が、あいつらの前に出てくれ」

安川が、三人に目をやって言った。浅次は、遊び人ふうの男である。

「行くぞ！」

青木が、丸山と浅次に目をやって言った。

青木たち三人は、走りだした。前を行く唐十郎たちに近付いていく。そして唐十郎たちのそばまで来ると、道の脇に身を寄せて通り過ぎた。

唐十郎たちは青木たちに目をむけたが、足をとめなかった。そのまま歩いていく。見たことのない若い武士と遊び人ふうの男だったので、安川たちの仲間とは思わなかったのである。

青木たち三人は唐十郎たちから半町ほど離れると足をとめ、踵を返して、唐十郎たちに目をやった。

唐十郎たちは、前方に立ち塞がった三人を見て足をとめた。ただの通行人ではない、と察知したのだ。

7

「おれたちに、何か用か！」

弐平が声高に訊いた。

「おめえたちに用があるのは、俺たちだけじゃァねえぜ。後ろの安川どのたちも、用があるのよ」

浅次が、口許に薄笑いを浮かべて言った。

「なに、後ろだと！」

唐十郎が後ろに目をやった。安川と柴崎、それに若い遊び人ふうの男がひとり、近付いてくる。

「挟み撃ちか！」

弐平が声を上げた。

「そこの椿を背にしろ！」

　唐十郎が、その場にいた仲間の三人に声をかけた。

　通り沿いに、椿が枝葉を繁(しげ)らせていた。椿のまわりは、丈の低い雑草に覆(おお)われている。唐十郎、桑兵衛、弥次郎、弐平の四人は、椿を背にして立った。安川たちを、背後にまわり込ませないためである。

　そこへ、安川たちがばらばらと走り寄った。唐十郎の前に立ったのは、安川だった。

「俺たちを追い回して、うるさいやつらだ。ここで始末してやる」

　安川と思しき男が唐十郎を見据(みす)えて言った。

「安川、武士でありながら増田屋に押し入って手代を殺し、大金を奪った。ここが、年貢(ねんぐ)の納め時だ！」

　珍しく、唐十郎の顔が憤怒に染まっている。

「増田屋など、知らんな」

　安川はうそぶくように言い、八相(はっそう)に構えた。

　対する唐十郎は刀の柄に右手を添え、居合の抜刀体勢をとった。腰の据わった隙のない構えである。

……道場主だけあって、遣い手だ！

唐十郎は、胸の内で言った。安川の八相の構えは隙がないだけでなく、上から覆い被さってくるような威圧感があった。

だが、唐十郎は臆さなかった。小宮山流居合で後れをとるようなことはないと思ったのだ。

安川の顔にも、驚きの色が浮いた。唐十郎の居合の抜刀体勢には隙がなく、腰が据わり、体が大きくなったように見えたのだ。

「おぬし、できるな！」

安川が言い、半歩身を退いた。唐十郎が抜き打ちで斬り込んできても切っ先がとどかないように、間合を大きくとったのだ。

「安川、この遠間では、おまえの切っ先もとどかないぞ」

唐十郎は、そう言って一歩踏み込んだ。

刹那、安川の全身に斬撃の気がはしった。

イヤアッ！

裂帛の気合を発して、斬り込んできた。

八相から、袈裟へ――。一瞬の斬撃である。

だが、唐十郎は、安川の太刀筋を読んでいた。半歩身を退きざま抜刀し、刀身を横に払った。居合の神速の抜き打ちである。

安川の切っ先は、唐十郎の肩先をかすめて空を切った。一方、唐十郎の切っ先は、安川の右腕をとらえた。

次の瞬間、ふたりは後ろに身を退いて、大きく間合をとった。

安川の小袖の右袖が裂け、露わになった右の二の腕から、血が流れ出ている。だが、安川は皮肉を浅く裂かれただけで、刀から右手を離さなかった。

「やるな！」

安川が、唐十郎を睨むように見据えて言った。腕を斬られたが、道場主だけあって狼狽している様子はない。

「安川、観念しろ！」

唐十郎が声高に言った。

「勝負は、これからだ」

安川は、そばにいた仲間の武士と遊び人ふうの男たちに目をやり、「ここにいる四人を始末しろ！」と声をかけた。

すると、武士と遊び人ふうの男たちが、手に手に刀や長脇差などを持って、唐十郎たち四人を取り囲むようにまわり込んできた。

「斬れ！　こいつらを殺せ」

安川が叫んだ。

その声に反応し、長脇差を手にした遊び人ふうの男がふたり、「殺してやる！」「死ね！」と叫び、素早く踏み込んできた。必死の形相である。

ふたりは、唐十郎の脇にいる桑兵衛と弥次郎にむかって、手にした長脇差でいきなり斬りつけた。

咄嗟に、桑兵衛は右手に体（たい）を寄せて長脇差をかわし、刀身を横に払った。一瞬の太刀捌きである。

桑兵衛の切っ先が、遊び人ふうの脇腹をとらえた。小袖が裂け、露わになった肌に血の線が走った。男は悲鳴を上げて、後ろに逃げた。

一方、弥次郎は、もうひとりの男が踏み込んできて袈裟に払った長脇差をかわすと、刀の切っ先で男の右肩を突き刺した。素早い動きである。

ギャッ！　と男は悲鳴を上げ、慌てて仲間の男たちの後ろにまわった。逃げたのである。これを見た武士と遊び人たちの顔から血の気が引いた。そして、刀や長脇差を手にしたまま後退（あとずさ）った。恐怖で、体が顫えている。

「逃げるな！　ここにいる四人を殺せ！」

安川が、目をつり上げて叫んだ。

だが、その場にいた安川の仲間たちは後退り、唐十郎たちとの間合がさらにあいた。逃げようとして、小鈴の方に走りだす者もいた。

これを見た安川は、

「狩谷、勝負はあずけた！」

と、声を上げ、素早く後退った。そして、唐十郎たちとの間合があくと、反転して走りだした。逃げたのである。

すると、その場に残っていた安川の仲間の武士と遊び人ふうの男たちも、我先に逃げ出した。

「待て！」

弐平が、逃げる男たちを追おうとした。

「弐平、追うな。放っておけ」

桑兵衛が声をかけた。

弐平は足をとめ、「だらしのねえやつらだ！」と逃げる男たちをののしった。

安川をはじめ、逃げた男たちは、小鈴の前まで行くと、戸口から入らずに店の脇を

通って裏手にまわった。おそらく背戸があり、そこから小鈴の店内に出入りできるのだろう。安川たちの姿が見えなくなると、

「どうしやす」

弐平が、唐十郎たちに目をやって訊いた。

「今日のところは、引き上げよう」

桑兵衛が、小鈴を見つめながら言った。

第三章　待ち伏せ

1

唐十郎、桑兵衛、弥次郎、弐平の四人は狩谷道場を出ると、平永町にある安川道場にむかった。

唐十郎たちが、小料理屋の小鈴の前で安川や柴崎たちと斬り合った二日後である。斬り合った翌日に安川道場に行こうとも思ったが、安川は道場にもどっていないとみて、今日にしたのだ。

通りの前方に安川道場が見えてくると、唐十郎たちは路傍に足をとめた。

「道場に、変わった様子はないな」

唐十郎が言った。

相変わらず、道場の表戸は閉まったままだった。道場内はひっそりとして、人声も物音も聞こえない。

「安川は、まだ小鈴に寝泊まりしているのかな」

桑兵衛が言った。

「そうかもしれません」

　弥次郎が言ったとき、道場に目をやっていた弐平が、

「裏手の母屋から、だれか出てきたようですよ」

　と、道場の脇の小径を指差して言った。

　見ると、大小を差した若侍がふたり、何やら話しながら小径を歩いてくる。道場の裏手にある母屋から出てきたらしい。ふたりは小径から道場の前の通りに出ると、唐十郎たちがいる方へ足をむけた。

「あっしが、ふたりに母屋の様子を訊いてきやす」

　弐平はそう言い残し、小走りに道場にむかった。

　その場に残された唐十郎たち三人は、急いで通り沿いにあった民家の脇に身を寄せた。若侍の目にとまらないように隠れたのである。

　弐平は道場の脇まで行き、ふたりの若侍に声をかけると、ふたりと何やら話しながら歩きだした。そして、唐十郎たちが隠れている家の前を通り過ぎ、すこし離れてから足をとめた。

　弐平はふたりの若侍が離れると、踵を返し、唐十郎たちのいる場にもどってきた。

「弐平、何か知れたか」

　すぐに、桑兵衛が訊いた。

「知れやした。母屋に、安川は帰っているようですぜ」

弐平が声高に言った。

「安川は、ひとりか」

桑兵衛が身を乗り出して訊いた。

「それが、大勢いるようでさァ。今聞いたふたりの話だと、母屋には安川の他に、武士が三、四人いるようですぜ。それに、遊び人ふうの男がひとり……」

弐平が、その場にいる唐十郎たち三人に目をやって言った。声が昂（たかぶ）っている。

「集まっている武士は、門弟たちか」

唐十郎が訊いた。

「若侍の話だと、武士は門弟だったが、ずいぶん前にやめた者たちのようですぜ」

弐平が、男たちに目をやって言った。

「何かあったのかな」

唐十郎が首を傾げた。

「ま、増田屋のことを、話してたようです」

弐平の声が、つまった。めずらしく、緊張しているようだ。

「増田屋だと！」

桑兵衛が驚いたような顔をした。

「増田屋に押し入った賊が、来ているのかもしれねえ」

弐平が、虚空を睨むように見据えて言った。

「うむ……。増田屋に押し入った賊が、道場の裏手の母屋に集まっているのか。何のために、集まっているのだ」

桑兵衛は、首を傾げた。

「あっしがふたりの若侍から聞いた話だと、安川たちは道場を建て直す相談をしてたそうでさァ」

弐平が言った。

「そうか。……安川たちは道場を建て直すために、増田屋を襲って大金を奪ったとみていい。そろそろ、ほとぼりが冷めてきたとみて、動きだしたのではないか」

桑兵衛が言うと、唐十郎、弥次郎、弐平の三人がうなずいた。三人とも、いつになく険しい顔をしている。

次に口を開く者がなく、その場が重苦しい沈黙につつまれたとき、

「このまま、安川たちを見逃すことはできない」

桑兵衛が、語気を強めて言った。

すると、その場にいた唐十郎、弥次郎、弐平の三人がうなずいた。男たちは、安川たちを捕らえるなり、討つなりする気になっている。

「どうしやす」

弐平が男たちに目をやって訊いた。

「母屋には、安川の他に武士が三、四人、それに遊び人ふうの男がひとりいる。人数はおれたちと変わらないが、母屋にいる武士たちは安川と門弟たちで、いずれも腕がたつとみた方がいい。下手に仕掛けると、返り討ちに遭うぞ」

桑兵衛が言った。

その場にいた唐十郎、弥次郎、弐平の三人は、無言のまま一点を見据えている。

いっとき、その場は重苦しい沈黙につつまれていたが、

「母屋に踏み込まずに、出てくるのを待つか。母屋にいる者たちが、一緒に出てくるとは思えない。……一緒であっても、跡を尾ければ、何処かで別れるはずだ。その時を狙って襲えば、捕らえることもできるはずだ」

桑兵衛が言うと、その場にいた男たちがうなずいた。

唐十郎たち四人は、道場からすこし離れたところの路傍で枝葉を繁らせていた欅の幹の陰にまわった。そこは、雑木も生えていたので、四人は身を隠すことができた。

待ち伏せするにはいい場所である。

2
「来ねえなァ」

弐平が生欠伸を噛み殺して言った。

唐十郎たち四人が、その場に身を隠して一刻（二時間）ちかくも経っている。安川はもちろん、母屋にいるはずの男たちも姿を見せなかった。

「母屋で一杯やってるのかもしれねえ」

弐平が、うんざりした顔で言った。

そのとき、道場の方に目をやっていた弥次郎が、「出て来たぞ！」と身を乗り出して言った。

見ると、道場の脇の小径に、男たちが姿をあらわした。四人である。町人体の男がひとり、武士が三人。

「柴崎がいる！」

唐十郎が言った。その後、柴崎の名を耳にしたのだ。

「どうしやす」

武平が訊いた。

「話を聞くために、斬らずに捕らえたいが、四人同時は難しいな。……ともかく、峰打ちで仕留めるか。……うまくいけば、何人か捕らえることができるかもしれぬ」

桑兵衛が、男たちに目をやって言った。

「二本差しと一緒にいる町人ふうの男も、捕らえやすか。あいつも、安川たちの仲間なら、色々知っているはずでさァ」

武平が言うと、

「武平、町人体の男の足をとめておいてくれ。三人の武士のひとりを峰打ちで仕留めたら、すぐに町人体の男のそばにいく」

唐十郎が、武平に目をやって言った。

武平は、無言でうなずいた。珍しく緊張している。

唐十郎たちがそんなやりとりをしているうちに、四人の男は小径から道場の前の通りに出てきた。唐十郎たちには気付いていないらしく、何やら話しながら歩いてくる。

四人の男は、唐十郎たち四人が身を隠している欅のそばまで来た。まだ気付いている者はいない。

「飛び出すぞ」

桑兵衛が声を出さずに、口の動きだけで唐十郎に知らせると、欅の陰から飛び出した。唐十郎がつづき、その後ろから飛び出した弥次郎と弐平は、四人の男の背後にまわった。逃げ道を塞ぐためである。

「何者だ！」

柴崎が声を上げた。

柴崎のそばにいた小柄な武士が、松川だった。もうひとりは、まだ若い広瀬である。ふたりとも、増田屋に押し入った賊の仲間だった。

また、一緒にいた遊び人ふうの男は弥助だった。弥助は増田屋に押し入ったとき、安川たち四人の武士を手引きした男である。

「油断するな！」

桑兵衛が声を上げた。

すぐに唐十郎と弥次郎は刀の柄に右手を添え、抜刀体勢をとった。弐平は懐から十手を取り出して、武士ではない弥助にむけた。唐十郎に言われたとおり、弥助を捕らえようとしたのだ。

唐十郎は柴崎の前に立った。柴崎は小鈴に出入りしている男で、唐十郎たちは柴崎が安川の配下のような立場であることを知っていた。

「柴崎、観念しろ。ここは、逃れられないぞ」

唐十郎が、柴崎を見据えて言った。

「うるさいやつらだ！　今日こそ、始末してくれる」

柴崎は声高に言い、刀を青眼に構えた。腰の据わった隙のない構えで、切っ先が唐十郎の目にむけられている。柴崎は若いころ、安川の道場の門弟として稽古をつんだのであろう。

対する唐十郎は刀の柄に右手を添え、居合の抜刀体勢をとっている。

「居合か！　俺が斬れるかな」

柴崎が、唐十郎を見据えて言った。

唐十郎は無言だった。ふたりの間合と、柴崎が斬り込んでくる気配を読んでいる。

ふたりは、まだ一足一刀（いっそくいっとう）の間合の外にいた。間合をつめなければ、ふたりとも相手を斬ることができない。

先手をとったのは、柴崎だった。

「行くぞ！」

柴崎は声を上げ、青眼に構えたまま足裏を擦るようにして、ジリジリと間合を狭め始めた。

唐十郎は、動かなかった。気を静めて、柴崎の斬撃の気配を読んでいる。

ふいに、柴崎の寄り身がとまった。まだ、一足一刀の間合の外である。柴崎は、このまま斬撃の間合に入るのは危険だと察知したのだ。

「柴崎、斬り込んでこい！」

唐十郎が言った。

だが、柴崎は青眼に構えたまま動かなかった。

「こないなら、行くぞ！」

唐十郎が、抜刀体勢をとったまま一歩踏み込み、斬撃の間合に入った。

刹那、唐十郎と柴崎の全身に斬撃の気がはしった。

イヤアッ！

タアッ！

唐十郎と柴崎が、ほぼ同時に気合を発して斬り込んだ。

唐十郎は抜刀しざま真っ向へ。

柴崎は青眼から袈裟へ。

一筋の閃光がはしった刹那、柴崎の額に赤い血の線が浮いた。唐十郎の刀の切っ先が、斬り裂いたのだ。

一方、柴崎の切っ先は、唐十郎の胸元をかすめて空を切った。踏み込みがすこし足らず、切っ先がとどかなかったのだ。

柴崎は苦しげに顔をしかめたが、呻き声も上げず、腰から崩れるように転倒した。地面に俯せに倒れた柴崎は四肢を痙攣させていたが、首を擡げることもなく、ぐったりとなった。息の音が聞こえない。死んだようだ。

3

道場から出てきた四人のなかで、柴崎が唐十郎に斬られ、残ったのは松川と広瀬、それに遊び人ふうの弥助である。

柴崎が斬られたとき、桑兵衛は松川と、弥次郎は広瀬と対峙していた。また、弥助の前には弐平が立ち塞がり、十手をむけていた。

松川たち三人は柴崎が斬られたのを見ると、逃げ腰になった。なかでも、松川は桑兵衛の腕を察知し、太刀打ちできないとみていたこともあり、慌てて後退った。そして、桑兵衛との間合があくと、「勝負、預けた！」と叫び、反転して走りだした。逃げたのである。

「待て！」

桑兵衛は松川の後を追ったが、すぐに足がとまった。松川の逃げ足が速く、追っても追いつきそうになかったからだ。

このとき、弥次郎と対峙していた広瀬も、松川が逃げたのを目にすると、

「勝負は後だ！」

と叫び、反転した。

「逃がさぬ！」

弥次郎は踏み込みざま、手にした刀を一閃させた。

弥次郎の切っ先が、反転した広瀬を肩から背にかけて斬り裂いた。だが、浅手だった。広瀬は皮肉を浅く斬られただけである。

広瀬は悲鳴を上げたが、足をとめなかった。

「待て！」

弥次郎は広瀬の後を追った。だが、逃げ足が速く、広瀬との間は広がるばかりだった。弥次郎は半町ほど追ったが、諦めて足をとめた。

「逃げられたか」

弥次郎は悔しそうな顔をして、逃げる広瀬の背を見つめている。

このとき、弐平は弥助の前に立ち、十手をむけていた。弥助は懐から取り出した匕首（あいくち）を手にしている。

弥助は広瀬が逃げたのを目にすると、慌てて後退り、反転して逃げようとした。

「逃がすか！」

弐平が叫びざま踏み込み、反転した弥助の首のあたりに十手を叩きつけた。

ギャッ！　と悲鳴を上げ、弥助は身をのけ反らせた。そして、匕首を取り落とし、その場に蹲（うずくま）った。

「観念しな！」

弐平は弥助の前にまわって、鼻先に十手の先をつきつけた。弥助は首を押さえて、呻き声を漏らしている。

そこへ、桑兵衛が近付き、

「この男から話を聞いてみよう」

と、声をかけた。いつになく険しい顔をしている。

「承知しやした」

弐平は懐から捕り縄を取り出し、弥助の両腕を後ろにとって縛った。弐平は岡っ引きだけあって、こうしたことには慣れている。

唐十郎たちは、捕らえた弥助を狩谷道場へ連れていくことにした。その場で話を聞いてもいいが、人目を引く。それに、話を聞いた後、弥助を解き放つわけにもいかなかったのだ。

狩谷道場のなかには、誰もいなかった。稽古に来た門弟がいたはずだが、勝手に道場内で稽古して帰ったのだろう。居合の稽古は、相手がいなくてもできるので、唐十郎たちがいないときは、自由に稽古して帰る門弟もいたのだ。

唐十郎たちは、捕らえた弥助を道場のなかほどに座らせた。

「おまえの名は」

桑兵衛が念を押すように訊いた。

弥助は戸惑うような顔をして黙っていたが、

「弥助でさァ」

と、小声で名乗った。

「弥助、安川道場の裏手の母屋で、どんな話をしていたのだ」

桑兵衛が訊いた。

弥助は視線を膝先に落として口をつぐんでいたが、

「剣術の話でさァ」

と、首をすくめて言った。

「弥助、おれたちはな、おまえたちが増田屋のことを話していたのは、知っているのだぞ」

桑兵衛が、語気を強くして言った。

「……！」

弥助の顔から、血の気が引いた。

「弥助、おまえも、増田屋に押し入った賊のひとりだな」

「し、知らねえ。あっしは、盗人じゃァねえ」

弥助が、向きになって言った。

「おまえが安川たちを増田屋に手引きしたのは、分かっているのだ」

桑兵衛が、弥助を見据えて言った。

弥助の体の顫えが激しくなった。道場の床に座っているのが、やっとである。

「おれは、手引きなどしてねえ。安川さまだけじゃァなく、逃げた松川さまも広瀬さまも、増田屋のことはよく知ってたんでさァ」

弥助は、松川たちが押し入る前に増田屋の下調べをしていたことを話した。

「そうか」

桑兵衛は、それ以上訊かなかった。手引きしたのが誰であっても、安川を頭とする盗賊一味に変わりないからだ。

「ところで、弥助、おまえと安川たちは、どこで知り合ったのだ」

桑兵衛が訊いた。

弥助は戸惑うような顔をして、いっとき口を閉じていたが、

「あっしは、何年か前（めえ）、安川の旦那の家で、下働きをしてたことがあるんでさァ」

と、首をすくめて言った。

「そうか。弥助、もう一度訊く。おまえが安川たちを手引きして、増田屋に押し入ったのだな」

桑兵衛が念を押すように訊いた。桑兵衛たちは、増田屋に押し入った盗賊のなかに、武士ではない遊び人ふうの男がひとりいたことを聞いていたのだ。

「……………！」

弥助は、何も言わずに顔を伏せてしまった。体が顫え、顔から血の気が引いている。これ以上、ごまかせないと思ったのだろう。

「やはりそうか」

　桑兵衛がうなずいた。

4

「この男は、どうしますか」

　唐十郎が弥助に目をやり、その場にいた桑兵衛たちに訊いた。

「弥助は、盗賊のひとりだ。殺された利助の敵を討つためにも、逃がしてやるわけにはいかないな」

　桑兵衛が言った。

「あ、あっしは、親分とは縁を切りやすし、二度と悪いことはしねえから、逃がしてくだせえ」

　弥助はそう言って、道場内にいた唐十郎、桑兵衛、弥次郎、弐平の四人に、首をすくめるように頭を下げた。

「逃がすことはできぬ。おまえは、増田屋に押し入った賊のひとりだからな」

　桑兵衛が、語気を強くして言った。

「……………！」

弥助の顔から血の気が引いた。

「弥助は、しばらく道場の裏手にある母屋に監禁しておくか。様子をみて、町方に引き渡せばいい」

桑兵衛が言うと、唐十郎と弥次郎がうなずいた。道場の裏手には、桑兵衛と唐十郎の住む母屋がある。下働きの女を雇っているので、しばらく監禁しておけるはずだ。

唐十郎たちは、弥助を母屋に連れていき、家の隅の空き部屋に監禁し、下働きの女に事情を話した。

唐十郎たちは、母屋から道場にもどると、

「さて、どうする」

桑兵衛があらためて唐十郎、弥次郎、弐平の三人に目をやって訊いた。

「まだ、一味の頭目の安川、それに逃げた松川と広瀬が残っています。このままでは、安川たちは思いどおり、奪った金で道場を改築して開くでしょう。これでは、殺された利助の敵を討ったことにならない」

唐十郎が語気を強くして言った。

「頭目の安川、それに松川と広瀬を討ち取りましょう」

黙って聞いていることの多い弥次郎が、めずらしく身を乗り出して言った。

「まず、安川道場からだな。……道場にいなければ、次は小鈴だ。安川は、どちらかにいるはずだ」

桑兵衛が言った。

「これから行きやすか」

弐平が訊いた。

「いや、今日は遅い。明日、行ってみよう」

桑兵衛が、男たちに目をやって言った。すでに、陽は西の空にまわっているはずである。

翌朝は晴天だった。朝日が道場の表戸を照らすころ、弥次郎が姿をあらわし、すこし遅れて弐平が道場内に入ってきた。まだ門弟たちは、姿を見せていない。

道場のなかほどに腰を下ろしていた桑兵衛が、

「弐平、遅かったな。先に出掛けようとしていたところだぞ」

そう言って立ち上がった。

「すまねえ。ちょいと、寝坊しちまったんで」

弐平が照れたような顔をして言った。

「出掛けるか」

桑兵衛は、道場の戸口に足をむけた。唐十郎、弥次郎、弐平の三人がつづいた。

唐十郎たち四人は道場から出ると、安川道場のある平永町にむかった。まず、安川がいるかどうか確かめるつもりだった。

桑兵衛たちは神田川にかかる和泉橋を渡り、柳原通りを経て平永町に入った。さらにいっとき歩き、前方に安川道場が見えてくると、路傍に足をとめた。

「相変わらず、道場には人気がない」

桑兵衛が言った。

「安川がいるとすれば、道場の裏手の母屋ですね」

唐十郎が言った。

「あっしが見てきやしょう」

弐平が言い、小走りに安川道場にむかった。道場の脇の小径をたどって、母屋にむかうのである。

唐十郎、桑兵衛、弥次郎の三人は、安川道場の近くまで行き、路傍の樹陰に身を隠した。そこで、弐平がもどるのを待つことにした。

それからいっときすると、弐平が道場の脇の小径に姿を見せた。弐平は小走りに唐十郎たちのいる場にもどってきた。

「母屋に、安川はいたか」

すぐに、唐十郎が訊いた。

「それが、いねえんでさァ」

弐平は、裏手の母屋にいた下働きの男に、安川がいるかどうか訊いたという。弐平は、前にもその下男に会ったことがあったので、話を聞けたらしい。

「いないのか」

唐十郎は肩を落としてそう言った後、

「安川はどこへ行ったのか、その下男は知らないのか」

と、声を改めて訊いた。

「知ってやした。……ただ、下男は安川に、情婦のところへ行ってくると聞いただけなので、行き先ははっきりしねえんでさァ」

「おい、情婦のところというと、小鈴ではないか」

桑兵衛が、身を乗り出して言った。

「あっしも、そうみやした」

弐平が言った。

そのとき、黙って聞いていた弥次郎が、

「小鈴なら、さほど多くの子分を引き連れてはいないはずです。うまく店の外に引き出せれば、安川を討てます」

と、語気を強くして言った。

「安川はぞろぞろ仲間を連れて、情婦のいる小鈴に行くはずがない。店に踏み込むと、味方からも犠牲者が出る恐れがあるが、外に連れ出せば、安川を取り囲んで討つこともできる」

桑兵衛が言うと、その場にいた男たちがうなずいた。

唐十郎たち四人は樹陰から通りに出ると、道場の先にある蕎麦屋にむかった。蕎麦屋の脇の道に入ると、道沿いに小鈴がある。

唐十郎たちは通りの先に小鈴が見えてくると、路傍に足をとめた。

「小鈴に踏み込む前に、安川がいるかどうか確かめたい」

唐十郎が、小鈴に目をやって言った。

小鈴の店先に暖簾が出ていた。店は開いているようだが、安川が来ているかどうかはっきりしない。来ていたとしても、店内にいるのか、あるいは、情婦である女将のおれんと別の部屋で飲んでいるのか分からない。

「あっしが客のふりをして、店を覗いてみやしょうか」

武平が言った。

「武平、安川におれたちが近くにいることを知られると、小鈴の背戸から逃げられるぞ」

唐十郎が、そう言ったときだった。

小鈴の表戸が開いて、遊び人ふうの男がふたり出てきた。ふたりはすこし酔っているのか、ふらつきながら歩いていく。

「あのふたりから、安川が店に来ているか、訊いてきやす」

武平はそう言い残し、小走りにふたりの男の方へ向かった。

武平はふたりの男に追いつくと声をかけ、三人で何か喋りながら歩きだした。三人は、一町ほど歩いたろうか。武平が足をとめ、ふたりの男に声をかけて踵を返した。

5

「安川は、小鈴にいたか」

桑兵衛が、もどってきた弐平に訊いた。

「いやした。あっしが訊いた男の話だと、安川は小鈴の小上がりで、ふたりで話しながら飲んでいたそうでさァ」

弐平が声高に言った。

「女将のおれんと一緒か」

桑兵衛が訊いた。

「おれんでなく、男と話し込んでいたようでさァ。おれんも、ふたりに酌をするために、そばにいることが多かったようですがね」

弐平が、その場にいた桑兵衛、唐十郎、弥次郎の三人に目をやって言った。

「話し相手の男は、何者だ」

黙って聞いていた唐十郎が口を挟んだ。

「あっしが訊いた男は、二本差しと言ってやしたが、名は聞いてねえんでさァ」

弐平が言った。

「増田屋に押し入ったときの盗賊仲間か、それとも安川道場の門弟だった男か。いずれにしろ、安川の仲間のひとりだろうな」

桑兵衛が言うと、その場にいた男たちがうなずいた。

次に口を開く者がなく、その場が重苦しい沈黙に包まれると、

「いずれにしろ、安川が小鈴から出て来るのをここで待つか。それとも、小鈴に踏み込んで、安川を捕らえるか」

唐十郎が、男たちに目をやって言った。

「そうだな。しばらく小鈴の外で待ち、安川が出てこないようだったら、店に踏み込もう」

桑兵衛が、小鈴を見据えながら言った。

それから、一刻（二時間）ほど経ったろうか。安川も一緒に飲んでいると思われる武士も、小鈴から出てこなかった。

「出てこねえなァ」

弐平が生欠伸を噛み殺して言った。

「おれが様子を見てきましょうか。客を装って、小鈴の戸口から覗いてみますよ」

弥次郎が言った。

「気付かれるなよ」

桑兵衛が、弥次郎に声をかけた。そのときだった。小鈴の表戸が開き、戸口で男の声がした。安川らしい。

「出てくる！　安川だぞ」

唐十郎が、桑兵衛たちに目をやって言った。

小鈴の戸口から、安川が姿を見せた。

「おい、広瀬だぞ！」

桑兵衛が身を乗り出して言った。広瀬と会った後、名も耳にしたのだ。

安川につづいて姿を見せたのは広瀬だった。

広瀬の後に若い武士がふたり、さらに遊び人ふうの男がふたり。しんがりに、女将のおれんが姿を見せた。

「大勢だぞ！」

弐平が驚いたような顔をして言った。安川だけでなく、同行すると見られる男が五人もいるのだ。

「あれだけいると、安川たちを襲うことはできないぞ。下手に仕掛けると、返り討ちにあう」

桑兵衛が、安川たちを見据えて言った。

「安川は、おれたちに襲われることを予想して、仲間を連れてきたのかもしれません」

唐十郎が言うと、

「そう見ていいな。安川はおれたちに狙われていることを承知した上で、小鈴に来ているのだ」

桑兵衛が顔をしかめて言った。

その場にいた唐十郎、桑兵衛、弥次郎、弐平の四人はなす術もなく、遠ざかっていく安川たちの後ろ姿を見送っている。

安川たちの後ろ姿がちいさくなったとき、

「どうしやす」

と、弐平が唐十郎たちに目をやって訊いた。

唐十郎、桑兵衛、弥次郎の三人は、すぐに口を開かなかったが、

「念のため、安川たちの跡を尾けてみますか」

と、唐十郎が言った。

「そうだな」

桑兵衛が言い、その場にいた四人は通りに出た。そして、安川たちから一町ほど離れて跡を尾け始めた。

安川たちは、蕎麦屋の脇の道から道場へつづく通りに入った。そして、道場にむか

って歩いていく。

「やはり、道場へ帰るようだ」

唐十郎が、安川たちの後ろ姿に目をやりながら言った。

「どうだ、安川たちが道場にもどってから、一緒に来た男たちが帰ったら、踏み込んで安川を討つか」

桑兵衛が言うと、唐十郎たち三人がうなずいた。

唐十郎たちは、安川たちが振り返っても気付かれないように距離をとって歩いた。行き先が分かっているので、見失うようなことはない。

前を行く安川たちは道場の脇まで来ると、小径をたどって裏手にある母屋にむかった。唐十郎たちは、道場に近付いて足をとめた。

「やっぱり、安川たちは、母屋に入(へえ)りやした」

弐平が言った。

「そうだな。……しかたがない。しばらく待つか。一緒に来た男たちが、ひとりも帰らずに母屋に泊まるとは思えん。何人か帰ったら母屋に踏み込んで、安川を討てるかもしれん」

桑兵衛が言った。

唐十郎たちは、道場の脇でしばらく様子を見ることにした。

それから一刻（二時間）ほども経ったが、道場の裏手にある母屋から誰も出てこなかった。

「出てこねえなァ」

弐平が生欠伸を嚙み殺して言った。

「今日は諦めて、松永町の道場へ帰りますか」

唐十郎が言った。

「明日、出直そう」

桑兵衛も諦めたらしく、松永町へ帰る気になっている。

唐十郎たち四人は、その場を離れ、柳原通りにむかった。今日のところは、自分たちの道場のある松永町へ帰るつもりだった。

唐十郎、桑兵衛、弥次郎、弐平の四人が柳原通りに出たとき、広瀬と若い武士が、一町ほど後ろを歩いていた。ふたりは、唐十郎たちが道場の近くを離れたときから跡を尾けていたが、正体が知れないように間をとっていた。近頃、広瀬は安川道場の裏手にある母屋に顔を出すようになっていたのだ。

ふたりは、唐十郎たちの行き先をつきとめ、安川たちに知らせるつもりだった。前を行く唐十郎たちは、自分たちが尾行されているなどとは、思ってもみなかった。

唐十郎たちは賑やかな柳原通りを東にむかって歩き、和泉橋のたもとに出た。そして、橋を渡り、そのまま北にむかった。

唐十郎たちは、狩谷道場のある神田松永町まで来た。

「どうだ、道場で一休みしていくか。茶でも淹れるぞ」

桑兵衛が、男たちに声をかけた。

「へい、休ませていただきやす」

弐平が言い、そばにいた唐十郎と弥次郎がうなずいた。

唐十郎たち四人は安川道場を見張った後、狩谷道場まで歩いてきたので、一休みしたいと思ったようだ。

桑兵衛たちは、背後から尾けてきたふたりには気付かず、そのまま道場の裏手にある母屋にむかった。そこで、足を伸ばして一休みするつもりだった。

唐十郎たちが、道場の裏手にある母屋にむかったとき、跡を尾けてきた広瀬と若い武士は路傍に立って道場に目をやっていたが、いっときするとその場を離れた。ふたりは足早に来た道を引き返していく。

ふたりは、そのまま安川道場にもどり、唐十郎たちが狩谷道場に帰ったことを知らせるつもりなのだ。

6

翌朝、唐十郎、桑兵衛、弥次郎、弐平の四人は、陽がだいぶ高くなってから狩谷道場を出た。

唐十郎たちは安川道場へ行き、機会があれば、増田屋に押し入った五人のなかの三人、安川、松川、広瀬の三人を捕らえるなり討つなりするつもりだった。他のふたり、弥助は捕らえ、柴崎は斬殺されている。

唐十郎たちは、広瀬と松川がどこにいるか知らなかった。それで、道場主の安川を生きたまま捕らえ、松川と広瀬の居所を訊くつもりだった。

唐十郎たち四人は、人目を引かないようにすこし離れて歩き、安川道場が通りの先に見えてきたところで、路傍に集まった。

「裏手の母屋に、安川たちはいるかな」

桑兵衛が、道場の裏手にある母屋に目をやって言った。ただ、道場が邪魔になって、見えるのは母屋の屋根だけである。

「安川の仲間たちが、来ているかどうかも分からないな」

桑兵衛が首を傾げて言った。

「仲間はともかく、安川がいたら踏み込んで捕らえればいい」

弐平が、意気込んで言った。

「そこは、安川も用心しているはずだ。まァ、ひとりで母屋にとどまっていることはあるまい。安川も、自分の隠れ家がおれたちに探られていることは、承知しているはずだからな」

そう言って、桑兵衛がその場にいた男たちに目をやった。

唐十郎たちが路傍に集まって話しているとき、道場の脇に身を隠し、唐十郎たちに目をやっている男がふたりいた。広瀬と若い武士である。ふたりは昨日、唐十郎たちの跡を尾けて狩谷道場の近くまで行き、今日も唐十郎たちが安川道場を探りにくるとみて、待ち構えていたのだ。

「宮田（みやた）、やはり来たな」

広瀬が、若い武士に目をやって言った。若い武士の名は、宮田らしい。

「今日も、姿を見せるとみてました」

宮田は、唐十郎たちを睨むように見据えている。

「どうする」

広瀬が、若い宮田に訊いた。

「狩谷たちは道場を見張り、隙を見て道場主の安川さまや広瀬どのたちを襲うのではないですか」

「そうだろうな」

広瀬は、否定しなかった。広瀬は、道場主の安川だけでなく、自分も増田屋に押し入った賊のひとりとして、唐十郎たちに命を狙われていることを知っていたからだ。

「いつまでも、狩谷たちの思いどおり、道場を見張られたり、命を狙われたりしていていいんですか」

若い宮田の顔が、怒りで赤く染まった。

「早く始末をつけ、道場を改築して稽古を始めたいが……」

広瀬が、もっともらしく言った。

「それなら、狩谷たちに好き勝手にやらせず、始末してしまったらどうです」

宮田は、唐十郎たちを睨むように見据えている。

「そうだな。……逆に、おれたちが狩谷たちを襲って皆殺しにしてやるか」

広瀬の声も、昂奮していた。

「ふたりだけでは無理です。母屋にいる安川さまたちに知らせますか」

宮田が広瀬に訊いた。

「母屋には、安川さまの他に松川さまもみえている。それに、腕の立つ門弟が三人いるから、総勢七人だ。……相手は四人だが、ひとりは剣の遣えない町人だ。敵は三人とみていい。人数から見ても、おれたちが後れをとるようなことはないだろう」

広瀬が、唐十郎たちに目をやったまま言った。

「それがしが、安川さまたちに知らせます」

宮田がそう言い残し、道場の脇を通って裏手にむかった。

このとき、唐十郎たち四人は、道場と裏手にある母屋に目をやっていた。

「男がひとり、母屋の方へむかいやしたぜ」

弐平が、身を乗り出して言った。道場の脇を通って裏手にむかう宮田の姿が見えたのだ。

「門弟らしいですね」

唐十郎が言った。

「おい、おれたちに気付き、母屋にいる安川たちに知らせにいったのではないか」

桑兵衛が、身を乗り出して言った。

「そうみていいでしょう」

唐十郎が言うと、その場にいた弥次郎と弐平がうなずいた。ふたりの顔は、いつになく険しかった。

「逃げやすか」

弐平が、唐十郎たちに目をやって訊いた。

「相手が大勢なら、ここで無理して闘うことはないな」

桑兵衛が言うと、その場にいた唐十郎、弥次郎、弐平の三人がうなずいた。

「ともかく、身を隠そう」

唐十郎が言い、その場にいた四人は、道場からすこし離れた道沿いで枝葉を繁らせていた椿の樹陰に身を隠した。その場から、唐十郎たちは姿を見せた安川たちの人数を見て、どうするか決めるのだ。

それからいっときして、道場の裏手に目をやっていた弐平が、

「来た！　大勢だ」

と、声を上げた。

「七人もいる！」

唐十郎が、身を乗り出して言った。

道場の裏手の母屋から出てきたのは、総勢七人だった。いずれも武士で、そのなかには道場主の安川、それに増田屋に押し入った松川の姿もあった。親分である安川の許に来ていたらしい。

「どうしやす」

弐平が声をつまらせて訊いた。

「逃げるしかない！　相手は大勢だ」

桑兵衛が言った。

「逃げよう！」

唐十郎は、安川たちとこの場でやりあったら、皆殺しになるとみた。相手は七人で、安川をはじめ、相当な遣い手である。味方は、三人といっていい。弐平が腕のたつ武士と斬り合うのは無理だった。

唐十郎たちは、隠れていた椿の陰から通りに出ると、道場とは反対方向に走りだした。逃げたのである。

「あそこだ！」

安川のそばにいた松川が、声を上げて指差した。

逃げていく唐十郎たち四人の後ろ姿が見えたようだ。だがいっときすると、安川たちの声や足音が聞こえなくなった。

唐十郎たちは後ろを振り返り、安川たちが追うのを諦めて路傍に立っているのを見て、走るのをやめた。

「何とか、逃げられたようだ」

桑兵衛が、唐十郎たちに目をやって言った。

7

唐十郎たちが安川道場に出掛け、安川たちに追われて逃げてから三日後。唐十郎、桑兵衛、弥次郎、弐平の四人が、狩谷道場に顔を揃えた。

「安川たちを見逃すことはできんな」

桑兵衛が、唐十郎たち三人に目をやって言った。

「このままでは、増田屋の主人の吉兵衛や倅を殺された権造に合わせる顔がありません」

　唐十郎が言うと、その場にいた桑兵衛たち三人がうなずいた。

「やはり、安川道場を見張り、安川や広瀬たちが姿を見せたとき、討つなり捕らえるなりするしかないな」

　桑兵衛が男たちに目をやって言った。

　次に口を開く者がなく、道場内は重苦しい沈黙につつまれたが、

「いつも安川道場に門弟たちが集まっているはずがない。安川や広瀬が門弟たちから離れ、ひとりになるときがあるはずだ。そのとき襲えば、捕らえるなり討つなりすることができる」

　と、桑兵衛が語気を強くして言った。

「行きやしょう！　安川道場に」

　弐平が声高に言うと、唐十郎と弥次郎がうなずいた。

　唐十郎たちは狩谷道場を出ると、途中腹拵(はらごしら)えをしてから安川道場にむかった。そして、前方に安川道場が見えてくると、路傍に足をとめて道場と裏手の母屋に目をやった。

「変わりないな」

桑兵衛が言った。

「母屋に、安川たちがいるはずです」

黙って聞いていた弥次郎が言った。

「あっしが、母屋を見てきやしょうか」

そう言って、弐平がひとり、安川道場の方へ足をむけた。

すぐに、弐平の足がとまった。門弟らしい若侍がひとり、母屋に通じている道場の脇の小径を表通りの方へむかって歩いてきたのだ。

「あの男に、訊いてみやす」

弐平はそう言い残し、足早に道場の方へむかった。

弐平は道場近くで若侍と顔を合わせると、何やら声をかけ、ふたりで話しながら唐十郎たちのいる方へ歩いてきた。

唐十郎たちは念のため、道沿いで枝葉を繁らせていた樫（かし）の木の陰に身を隠した。

弐平は若侍と話しながら、唐十郎たちが身を隠した樫のそばまで来ると、

「道場を開くのが、楽しみだな」

と、若侍に声をかけて、足をとめた。若侍は唐十郎たちには気付かず、足早にその場を離れていく。

弐平は若侍が遠ざかると、唐十郎たちが樹陰から出て来るのを待って、

「母屋に、安川はいないようですぜ」

と、唐十郎たち三人に目をやって言った。

「いないのか。どこへ出掛けたか分かるか」

すぐに、桑兵衛が訊いた。

「小料理屋と言ってやした」

「小鈴か！」

唐十郎の声が大きくなった。

「小鈴のようです」

弐平が言い添えた。

「道場の裏手の母屋の次は、小鈴に身を隠したわけか」

桑兵衛が言うと、脇にいた唐十郎が、

「ともかく、小鈴に行ってみましょう」

と、声高に言った。すると、その場にいた三人の男がうなずいた。

唐十郎たちは、道場の前の通りを歩き、道沿いにある蕎麦屋の脇の道に入った。そして、いっとき歩くと、小料理屋の小鈴が見えてきた。唐十郎たちは何度も通ったの

で、その道筋は分かっていた。

唐十郎たちは、小鈴の近くまで行き、路傍に足をとめた。戸口に暖簾が出ている。店内から、男と女の談笑の声が聞こえた。客がいるらしい。

「どうしやす」

弐平が、唐十郎たちに目をやって訊いた。

「このまま店に踏み込むわけにはいかないな。まず、店に安川がいるかどうか、確かめないと」

唐十郎が言うと、その場にいた男たちがうなずいた。

「店に安川が来ているかどうか確かめるには、客か店の者に訊くのが早いが」

桑兵衛が言った。

それから、いっとき唐十郎たちは小鈴の近くにいて、店から話を聞けそうな客が出てくるのを待った。

唐十郎たちが小鈴の近くに来て、半刻（一時間）ほど経ったとき、遊び人ふうの男がひとり、店から出てきた。そして、男は見送りに出てきた女将のおれんと何やら話した後、店先から離れた。

「あの男に、訊いてきやす」

弐平が言い、遊び人ふうの男の後を追った。

このとき、店にもどりかけていた女将は、何気なく背後を振り返り、遊び人ふうの男の後を追っていく弐平の姿を目にした。

女将は戸口に立ったまま、それとなく弐平を見ていたが、弐平が男と話した後、店の方にもどってきて、他の三人の男と話しているのを目にすると、店内のことを探ったのではないか、と思った。

女将は店内にもどると、店の外にいる男たちのことを安川に話した。

「おれん、そいつらは、俺を待ち伏せしているのだ」

安川が顔をしかめて言った。

「おまえさん、どうするんだい」

おれんが、不安そうな顔をして訊いた。

「なに、今に始まったことではない。表にいるやつらは、俺を殺そうとして道場の近くにも顔を出すのだ」

安川は薄笑いを浮かべてそう言った後、

「あいつら、すこし、からかってやろう」

と、おれんに目をやって言った。

「何をする気だい」

おれんが訊いた。

「何もしない。俺は店の裏手から、やつらに気付かれないように通りに出て、道場に帰る。……おれん、店を出る客にな、俺は奥の座敷にいると話しておいてくれ。そうすれば、やつらに訊かれた客は、俺が奥の座敷にいると言うはずだ」

安川が言うと、すぐにおれんが、

「おまえさん、いつまでも、表にいる男たちを待たせるつもりだね」

と、念を押すように訊いた。

「そうだ」

「悪い人だねえ」

おれんが、呆れたような顔をして言った。

一方、唐十郎たちは小鈴の近くの路傍に立って、店から出てくる客に安川のことを訊いていた。

客は、おれんに言われたとおり、安川の旦那は店の奥の座敷にいるらしい、と話した。

「安川は店から出てこないな」

　桑兵衛が、渋い顔をして言った。

「客が、安川は奥の座敷にいると話していましたが、このまま帰らずに小鈴に泊まるつもりではないでしょうか」

　唐十郎が言った。

「そうかもしれねえ」

　弐平はそう言った後、「こうなったら、小鈴に踏み込みやすか」と身を乗り出して言った。

「駄目だ。店にいる者のなかから犠牲者が出る。何の罪もない者を巻き添えにして殺すことはできん。それに安川は、おれたちが踏み込んできたときの逃げ道も考えてあるはずだ」

　桑兵衛が、険しい顔をして言った。

「今日は、まんまと安川にやられたわけか」

　唐十郎がそう言うと、男たちが渋い顔をしてうなずいた。

第四章　盗賊仲間

1

四ツ（午前十時）ごろ、唐十郎、桑兵衛、弥次郎、弐平の四人は、安川道場から半町ほど離れた場所にいた。道沿いにあった物置小屋の脇に身を隠していたのだ。そこから、安川道場と裏手にある母屋に目をやっていた。

「母屋に、安川の仲間が来てるかな」

弐平が、母屋の方に目をやりながら言った。

唐十郎たちは、安川だけでなく、増田屋に押し入った仲間の松川や広瀬が母屋に来ていれば、捕らえるなり討つなりするつもりだった。唐十郎たちにとって、増田屋の主人と殺された利助の親の権造の依頼どおり、残る安川、松川、広瀬の三人を捕らえるか討つかすることが、任務であり、仕事でもあった。

「どうかな」

唐十郎が言った。まだ、母屋に誰がいるか分からない。母屋を探るのは、これからである。

「あっしが、探ってきやしょうか」

弐平が身を乗り出して言った。

「弐平に頼むか」

桑兵衛が言った。

弐平は「母屋を見てきやす」と言い残し、物置小屋の脇から通りに出ようとした。が、その足がふいにとまり、

「母屋から、出てきた！」

と声高に言った。

見ると、若侍がひとり、道場の脇の小径に姿を見せた。門弟らしい。道場の裏手にある母屋から出てきたようだ。

若侍は小径をたどって、道場の前の道に出ると、唐十郎たちが身を隠している方へ足をむけた。ひとりで、足早に歩いてくる。

「あっしが、あの男に訊いてきやす」

弐平はそう言い残し、物置小屋の脇から通りに出た。そして、若侍の来る方に足をむけた。

一方、若侍は弐平が物置小屋の脇から通りに出たのを目にしたらしいが、足をとめずに弐平のいる方に歩いてきた。

弐平は若侍に近付くと、路傍に足をとめた。そして、若侍がそばに来ると、通りのなかほどに出て、

「お訊きしたいことがあるんでさァ」

と、若侍に声をかけた。

「何だ」

若侍は、探るような目で弐平を見た。

「いま、道場の裏手から出てきたのを目にしやしてね」

弐平が笑みを浮かべて言った。

「何を訊きたい」

若侍は、突っ撥ねるような物言いをした。

「母屋に安川の旦那は、いやしたかい。……いえ、あっしの知り合いのお方の弟が、そこにある安川道場で、剣術の稽古をしたいと言い出しやしてね。道場の近くを通ったら、道場は近い内に開くかどうか訊いてきてくれ、と頼まれたんでさァ」

弐平は、咄嗟に頭に浮かんだ作り話を口にした。

「おい、そんな作り話に、おれは騙されないぞ。おまえが、物置小屋の脇から通りに出てきたのを目にした。おまえは物置小屋の脇に隠れて、道場と裏手の家を見張って

いたのではないか」

若侍がそう言って、物置小屋に目をやり、

「小屋の陰にいる男たちは、何をしているのだ！」

と、声高に訊いた。

「安川のことを探りにきたんでさァ」

弐平が言い、男の背後にまわって逃げ道を塞いだ。

唐十郎たち三人は、弐平と若侍のやり取りを耳にすると、物置小屋の脇から飛び出し、若侍を取り囲んだ。

「お、おれを、どうする気だ！」

若侍が、声をつまらせて言った。

「おとなしくしろ！　話を聞くだけだ」

桑兵衛が言い、刀を抜くと、若侍の喉元に切っ先をむけ、

「この男を、小屋の陰に連れていく」

と、その場にいた唐十郎たちに目をやって言った。

唐十郎たちは、若侍を取り囲むようにして物置小屋の陰に連れていった。

「おぬしの名は」

桑兵衛が、穏やかな声で訊いた。

若侍は、戸惑うような顔をしていたが、「山村宗次郎（やまむらそうじろう）……」と小声で名乗った。

「山村か。……おれたちはな、増田屋という呉服屋の手代が、盗賊に殺された事件にかかわり、手代の敵を討ってくれ、と頼まれたのだ」

桑兵衛が、正直に話した。

「……！」

山村の顔から血の気が引き、体の顫（ふる）えが激しくなった。道場主の安川や門弟だった者たちが事件にかかわっていることを、どこかで耳にしたのかもしれない。

「道場主の安川が盗賊の頭目であることは、はっきりしている」

桑兵衛が、語気を強くして言った。すると、そばにいた唐十郎たちが、黙ってうなずいた。

「盗賊の頭（かしら）を、剣術の師匠として認めるのか」

桑兵衛が、念を押すように言った。

「お、おれも、そんな噂を耳にしたが……。う、噂だけで、師匠にかぎってそんなことはない、と信じていた」

山村が、声を震わせて言った。

「安川が頭目でな、道場に出入りしている松川と広瀬も、その一味だ」

桑兵衛は、すでに命を落とした柴崎と捕らえた弥助のことは口にしなかった。

「……」

山村は肩を落としたまま、その場から動かなかった。

2

桑兵衛たちが山村を取り囲んで話を聞いているとき、道場の脇の小径にふたりの武士が姿を見せた。ひとりは母屋に来ていた松川で、もうひとりは若い門弟だった。

「おい、長谷川、あそこに男たちがいるな」

松川が、唐十郎たちを指差して言った。若い門弟の名は、長谷川らしい。

「取り囲まれているのは、山村どのだ」

長谷川が、声高に言った。

「取り囲んでいる男たちは、安川道場を乗っ取ろうとしているやつらだぞ」

松川が顔をしかめて言った。頭目の安川や自分を討とうとしているとは言わず、道場を乗っ取ると口にした。道場間の争いにして、門弟たちに増田屋に押し入ったことを気付かせないためである。

「どうします」

長谷川が訊いた。

「あいつら、ここで始末しよう。好き勝手にやらせておいたら、安川道場は乗っ取られるし、門弟たちは笑い物だぞ」

「ふたりだけでは、無理です。相手は四人もいます」

「よし、母屋にいる安川どのには話さず、四、五人連れてこい。道場主まで出すことはないから、門弟たちだけで始末する」

松川が、長谷川に身を寄せて言った。

「仲間を連れてきます」

長谷川はそう言い残し、小走りに母屋にむかった。

いっときすると、長谷川は四人の門弟を連れてもどってきた。道場主の安川の姿はない。松川に言われたとおり安川には話さず、密かに門弟だけに伝えたのだろう。

松川は、長谷川たちがそばに来ると、

「あそこだ！」

と言って、前方を指差した。まだ、山村は唐十郎たちに取り囲まれて、話を聞かれている。

「行くぞ！」

松川が、門弟たちに声をかけた。

松川をはじめ、五人の若い門弟が走りだした。前方で山村を取り囲んでいた唐十郎たちは、すぐに気付かなかったが、

「門弟たちが、来やす！」

と、弐平が声を上げて指差した。

松川たち六人は走り寄り、唐十郎たちを取り囲むように左右からまわり込んだ。

すると、山村の脇にいた唐十郎が、集まってきた男たちに目をやり、

「近寄るな！　おれたちは、この山村から話を聞いているだけだ。手出しはせぬ。話がすめば、山村はこのまま帰す」

と、声高に言った。

「騙されるな！　話がすめば、山村はこの場で殺される」

松川が挑発（ちょうはつ）するように、仲間たちにむかって言った。

その声で、その場にいた門弟たちが、次々に刀を抜いた。いずれも、血走った目をしている。

唐十郎、桑兵衛、弥次郎の三人は、山村のそばから離れず、松川や門弟たちに手にした刀の切っ先をむけた。

「近寄れば、斬るぞ！」

唐十郎が声を上げた。

だが、松川たちは身を退かず、手にした刀の切っ先を唐十郎たちにむけ、ジリジリと近付いてきた。

やむなく唐十郎は刀を青眼に構え、切っ先をむかってくる門弟のひとりにむけた。

他の門弟たちも、桑兵衛や弥次郎に迫ってくる。

唐十郎の前に立ったのは、長身の男だった。青眼に構えたまま足裏を擦るようにして間合を狭めてくる。だが、真剣勝負は経験したことがないらしく、腕に力が入り過ぎて、刀の切っ先が震えていた。

「おい、それでは人は斬れないぞ」

唐十郎が、揶揄（やゆ）するように言った。男を挑発するためである。

男は憤怒で顔を赤らめ、

「おのれ！　殺してやる」

と、叫びざま、斬り込んできた。気攻めも牽制（けんせい）もなく、手にした刀を振り上げて、真っ向へ――。

唐十郎は右手に体を寄せて、男の切っ先をかわすと、素早い動きで刀身を横に払った。一瞬の攻防である。

唐十郎の切っ先が、男の首をとらえた。

首から血が飛んだ。男は首から血を撒き散らしながらよろめき、足がとまると腰からくずれるように転倒した。

唐十郎のそばにいた別の男は、仲間の男が斬られたのを見て、慌てて後退った。顔が恐怖で蒼褪め、体が顫えている。

「かかってこい！」

唐十郎が、威嚇するように男に声をかけた。

だが、男はさらに後退った。その男のそばにいた松川も、唐十郎に刀の切っ先をむけたまま身を退いた。そして、唐十郎との間があくと、反転して走りだした。逃げたのである。これを見た別の男も、慌てて逃げだした。

このとき、桑兵衛のそばにいた山村が、ギャッ！　という悲鳴を上げてよろめいた。首の近くから背にかけて斬られ、血が飛び散っている。

山村を斬ったのは、道場にいた仲間のひとりだった。松川たちは、山村を助けにきたのではなかった。口封じのために、殺しに来たのである。

「逃げろ！」

山村を斬った男が、声を上げた。

その声で、唐十郎たちのそばに残っていた男も反転して走りだした。そして、山村を斬った男と一緒に逃げていく。

先にその場から逃げていた松川たちは、道場の近くで足をとめ、後続の男たちを待って道場の裏手にある母屋にむかった。

唐十郎たちは、逃げる松川たちを追わなかった。相手が大勢であり、しかも安川たちがいるであろう母屋は、すぐ近くである。

唐十郎たちは、後を追って母屋に近付いたら安川たちに返り討ちに遭う、とみたのである。

3

唐十郎たち四人は松川たちと斬り合った二日後、狩谷道場を出ると、安川道場にむかった。安川は、まだ道場の裏手の母屋にいるとみたのである。二日後にしたのは、門弟たちの多くが二日もの間、母屋にとどまっているとは思えなかったからだ。

母屋にいる門弟がわずかで、増田屋に押し入ったときの頭目の安川と一味のひとりの松川が来ていれば、捕らえるなり討つなりできるかもしれない。

唐十郎たちは、安川道場近くの物置小屋の脇に身を隠した。そこは、道場の裏手にある母屋を見張るために、二日前にも身を隠した場所である。

「安川と松川は、いるかな」

弐平が、道場に目をやりながら言った。

「安川はいるはずだ。自分の家だからな。……松川はどうかな」

桑兵衛が首を捻った。

「あっしが、見て来やしょうか」

弐平が身を乗り出して言った。

「いや、しばらく待とう。危ない橋を渡らなくても、話を聞けそうな門弟が出てくるかもしれん」

桑兵衛が言った。見張りや探索に長けている弐平でも、何度も母屋に近付けば安川たちの目にとまるかもしれない、と思ったのだ。

そのとき、弐平が身を乗り出し、

「出てきた！」

と、声を上げた。

見ると、母屋の庭から道場の脇の小径に、門弟らしい若い武士がひとり出てきた。若い武士は、足早に表通りの方へ歩いてくる。

「あの男に訊いてみよう」

桑兵衛が言うと、その場にいた男たちがうなずいた。

若い武士は、道場の脇の小径から表通りに出ると、唐十郎たちが身を潜めている物置小屋がある方に近付いてきた。

「おれが訊いてみる」

そう言って、桑兵衛が物置小屋の脇から通りに出た。

若い武士は、突然目の前にあらわれた桑兵衛を見て、一瞬凍りついたように身を硬(かた)くした。辻斬りに斬られるとでも思ったようだ。

「いや、脅してすまぬ。訊いてみたいことがあるだけだ」

桑兵衛が笑みを浮かべ、頭を下げながら言った。

若い武士は、ほっとしたように表情を和(やわ)らげた。桑兵衛が悪い男ではないと思ったらしい。

「いま、道場の脇から出てきたのを見たのだが、門弟かな」

桑兵衛が穏やかな声で訊いた。

「そうです。名は、森田政之助です」

門弟は、訊かないうちに名乗った。

「森田どのか。……歩きながらでいい。道場のことで訊きたいことがあるのだ」

そう言って、桑兵衛はゆっくりとした歩調で歩きだした。

森田は桑兵衛と肩を並べて歩いた。

「実は、おれの倅が、剣術の稽古をしたいと言い出してな。それで、安川道場はどうかと思って来てみたのだ。……噂で、安川道場は閉じているが、近いうちに道場を建て直し、稽古を始めるらしいと聞いたのだ」

桑兵衛は、咄嗟に頭に浮かんだことを口にした。

「そうですか。……すぐにというわけにはいきませんが、近いうちに、道場を建て直すようですよ」

森田が歩きながら言った。

「やはり、そうか。……道場が新しく建ってから、入門した方がいいかな」

桑兵衛が、森田に顔をむけて訊いた。

「その方が、いいかもしれません。今は、稽古などできませんから」

森田が眉を寄せて言った。顔が苦渋に歪んだが、すぐに穏やかな表情にもどった。

桑兵衛と森田が話しながら歩いているとき、道場の裏手の母屋から、五人の武士が道場の脇につづく小径に出てきた。

五人のなかに、広瀬の姿があった。

「おい、森田と一緒に歩いているのは、おれたちのことを付け狙っているやつらのひとりではないか」

「そうかもしれません」

広瀬は、狩谷道場や桑兵衛の名を出さずに言った。

別の武士が、うなずいた。

「このままにしてはおけんぞ。森田が、おれたちのことをどう話しているか分からん。盗人だとか、辻斬りだとか、言い触らしているかもしれん」

広瀬が、顔を怒りに染めて言った。広瀬が強い怒りの表情を見せたのは、ここにいる四人の門弟の手を借りて、唐十郎たちを始末したいと思ったからだ。

「どうします」

黒崎という門弟のひとりが、広瀬に訊いた。

「なんとかして、森田の口を封じよう」

広瀬が語気を強くして言った。

その場にいた四人の門弟のなかには戸惑うような顔をした者もいたが、何も言わなかった。広瀬の強い口調に、圧倒されたようだ。

「黒崎、矢口、ふたりは走って、森田たちの前にまわり込んでくれ」

広瀬が言うと、門弟たちは無言でうなずいた。広瀬に逆らうことができなかったらしい。

「黒崎、矢口、行け！」

広瀬が、ふたりに身を寄せて声高に言った。

黒崎と矢口は踵を返して、走りだした。広瀬に圧倒されて、指示にしたがうより他になかったようだ。

「おれたち三人は、森田たちの背後にまわる。五人で取り囲んで、森田を始末するのだ」

広瀬が残るふたりに言い、小走りに唐十郎たちのいる方にむかった。

4

このとき、物置小屋の陰にいた弐平が、

「も、門弟たちがくる！」

と、通りの先を指差して言った。

その場にいた唐十郎と弥次郎が身を乗り出して、通りの先に目をやった。桑兵衛と門弟が何やら話しながら歩いてくる。そのふたりの背後から、五人の武士が足早に近付いてくる。五人のなかに、広瀬の姿もあった。

「広瀬たちは、父上と門弟を狙っているようだぞ」

唐十郎が身を乗り出して言った。

「どうしやす」

弐平が訊いた。

「父上と門弟が、近付くのを待つのだ。……おれたちは跡を尾けてくる広瀬たちの背後にまわり、挟み撃ちにする」

唐十郎が言うと、その場にいた弥次郎と弐平がうなずいた。

桑兵衛と森田が近付いてきた。ふたりの背後に、広瀬たち五人が迫っている。

そのとき、桑兵衛が背後から近付いてくる男たちに気付いたらしく、振り返った。

「敵だ！」

桑兵衛が、声を上げた。そばにいた森田は背後を見て、その場に棒立ちになった。

広瀬や門弟たちが、自分たちを襲うとみたらしい。

「森田、そこの小屋の前まで走るぞ！」

桑兵衛が、通り沿いにある物置小屋を指差して言った。

森田は桑兵衛につづいて、小走りに物置小屋にむかった。背後からくる黒崎と矢口が、迫ってきた。ふたりは通りの脇を通って、桑兵衛と森田の前に出ようとした。そのときだった。物置小屋の陰から、唐十郎、弥次郎、弐平の三人が通りに飛び出した。そして、黒崎と矢口の前に立ち塞がった。

これを見た後続の広瀬たち三人が、唐十郎たちの背後にまわろうとしたとき、

「そうはさせぬ！」

と、唐十郎が言いざま、素早く踏み込んだ。そして、鋭い気合とともに抜刀した。

キラッと刀身が光った次の瞬間、唐十郎の手にした刀の切っ先が、広瀬の肩から胸にかけて斬り裂いた。居合の神速の抜き打ちである。

ギャッ！　と悲鳴を上げ、広瀬は後ろによろめいた。その拍子に、手にしていた刀を取り落とした。広瀬の足がとまると、腰から崩れるように転倒した。肩から胸にかけて、血に染まっている。

これを見て、そばにいた門弟たちは慌てて後退り、それぞれ切っ先をむけていた相手から離れた。恐怖で体が顫えている。

「退け！　退け」

年配の男が、その場にいた仲間たちに声をかけた。その声で、広瀬と一緒にきた門弟たちが慌てて身を退き、間合が広がると反転して走りだした。逃げたのである。

桑兵衛は、自分に切っ先をむけていた門弟が反転して逃げようとすると、

「逃がさぬ！」

と、声を上げ、手にした刀を峰に返して横に払った。

峰打ちが、門弟の脇腹をとらえた。一瞬の太刀捌きである。

門弟は手にした刀を取り落とし、両手で脇腹を押さえて蹲った。苦しげな呻き声を上げている。肋骨でも折れたのかもしれない。

すぐに、闘いは終わった。広瀬と桑兵衛の峰打ちを浴びた門弟はその場から動けず、他の三人が必死の形相で逃げていく。

逃げる三人の男が遠ざかると、唐十郎たちは、地面に蹲り呻き声を上げている広瀬のそばに集まった。

広瀬の背後にまわった弥次郎が、広瀬の背に手をかけて身を起こし、

「広瀬、しっかりしろ！」

と、声をかけた。

広瀬は苦しげに顔を歪め、その場に集まった唐十郎たちに目をやったが、何も言わなかった。

「広瀬、念のために訊くが、増田屋に押し入ったのは、安川の指図(さしず)か」

唐十郎が訊いた。

「ま、増田屋など、知らぬ」

広瀬が、声をつまらせて言った。

「知らぬはずはない」

「……」

広瀬は顔をしかめただけで何も言わなかった。

「頭目は、安川だな」

唐十郎が、語気を強くして訊いた。

「……」

広瀬は何も口にせず、視線を唐十郎から逸らしたままである。

「おい、安川はな。増田屋に押し入って手にした金で、道場を建て直すだけではないぞ。門弟たちと遊び歩いてな。情婦までかこっている。……広瀬、小鈴という小料理屋に行ったことはないのか」

唐十郎は、広瀬を見据えて言った。

「こ、小鈴なら、知っている。……俺も、何度か行ったことがある」

広瀬が喘ぎながら言った。

「道場を建て直すための金の多くは、小鈴に流れているのではないか」

唐十郎が言った。

「そ、そうかも知れねえ」

広瀬が嫌悪するように顔をしかめた。

「門弟たちも、呑気なものだ。道場を建て直すための金の多くは、安川の情婦のために使われているのだからな」

「……！」

広瀬は何も言わなかったが、顔が憤怒でゆがんだ。

「安川が小鈴に行くときは、ひとりか」

唐十郎が念を押すように訊いた。

「そ、そうだ。……御忍びだからな」

「道場にいないときは、小鈴にいるとみていいのだな」

「こ、小鈴の店内に、いないときもある」

「どういうことだ」

「こ、小鈴の裏手に、離れがある。……そこで、寝泊まりしているときも……」

広瀬はそこまで口にしたとき、ふいに、グッ、という呻き声とともに、上半身を反らした。そして、体がぐったりとなった。

「広瀬、しっかりしろ！」

唐十郎が広瀬の両肩をつかんで揺すったが、何の反応もなかった。息の音も聞こえない。

「死んだ……」

唐十郎が小声で言った。

5

「広瀬の亡骸は、放置できないな」

桑兵衛が、唐十郎たちに目をやって言った。

「広瀬も無念でしょう。安川の指図で、増田屋に押し入ったのでしょうが、金も思い通りには手に入らず、その後も安川の子分のように扱われたのですから」

唐十郎が言った。

「せめて、遺体を木の陰に運んでおいてやるか。無残な姿で放置され、通りを行き来する者の見世物になるのも気の毒だ」

桑兵衛が言うと、その場にいた男たちがうなずいた。

唐十郎たち四人は、広瀬の死体を、通り沿いで枝葉を繁らせていた椿の樹陰に運んだ。通りから死体は見えないが、近所に住む住人の目にはとまるはずだ。引き取り手がないと分かれば、住人たちの手で埋葬されるだろう。

唐十郎は広瀬の死体を樹陰に運んだ後、

「これから、どうします」

と、桑兵衛たち三人に訊いた。

「松永町に帰るのはまだ早いな」

桑兵衛が言った。

「小鈴に行ってみますか」

唐十郎が言うと、その場にいた男たちがうなずいた。すでに、唐十郎たちは小鈴に行き、安川が出入りしていることは摑んでいた。そして、小鈴の女将のおれんが、安川の情婦であることも知っていた。

唐十郎たちは、安川道場の前の通りを歩き、道沿いにある蕎麦屋の脇の道に入った。その道は、唐十郎たちが何度か行き来したことがある。

蕎麦屋の脇の道をいっとき歩くと、道沿いにある小料理屋の小鈴が見えてきた。戸口に暖簾が出ている。

「店は開いているようだ」

唐十郎が言った。小鈴の店内から、男と女の談笑の声が聞こえた。客もいるらしい。

唐十郎たちが小鈴に近づくと、店内からの声がはっきりと聞こえるようになった。客は、その物言いから職人らしいことが分かった。客の相手をしているのは、女将のおれんのようだ。

唐十郎たちは小鈴の前を通り、半町ほど離れた路傍に足をとめた。その辺りは、以前唐十郎たちが小鈴を見張り、店から出てきた客に店内の様子を訊いたところである。

「客はいるようだが、安川が来ているかどうか、分からなかったな」

桑兵衛が言った。

「安川の声は聞こえなかったが、店にいないとは言いきれません」

唐十郎が言うと、

「店に入るわけには、いかねえし……。客が出てくるのを待って、なかの様子を訊くしかありませんぜ」

弐平が身を乗り出して言った。

「そうだな。しばらく、待つか」

唐十郎が言った。

唐十郎たちが小鈴を見張りはじめて、半刻（一時間）ほど経ったろうか。小鈴の表戸が開き、遊び人ふうの男がひとり出てきた。つづいて、女将のおれんも姿を見せた。おれんは、客を見送るために戸口に出てきたらしい。

唐十郎たちは、何度もおれんの姿を見ていたので、遠くからでもそれと知れた。遊び人ふうの男は、おれんに何やら声をかけ、店先から離れた。

男は肩を振るようにして歩いていく。おれんは男が店先から遠ざかると、踵を返して店内にもどった。

「あっしが、あの男に訊いてきやす」

弐平がそう言って、遊び人ふうの男の後を追った。

唐十郎たちはその場に立って、弐平を見送った。こうしたことは、弐平にまかせることが多く、弐平も自分の仕事だと思っている。

弐平は男に追いつくと、何やら声をかけ、男と一緒に歩きだした。弐平は、男から小鈴の店内の様子を訊いているらしい。

弐平は男と話しながら半町ほど歩くと、足をとめた。そして、男が離れてから踵を返し、唐十郎たちのいる場にもどってきた。

「弐平、何か知れたか」

すぐに、唐十郎が訊いた。

「知れやした。男の話だと、二本差しは、店にいなかったそうです」

弐平が言った。

「安川は、店に来ていないのか」

唐十郎が、がっかりしたように肩を落とした。

「それが、二本差しが店の背戸から出るのを見たと言ってやした」

「どういうことだ」

唐十郎が訊いた。その場にいた桑兵衛と弥次郎も身を乗り出して、弐平に目をやっている。

「小鈴の裏手に離れがあって、そこで女将は寝泊まりしているらしいが、特別な客は離れで飲ませることもあるそうで」

弐平は言い終え、唐十郎たち三人に目をやった。

「今日、安川は離れにいるのか！」

唐十郎の声が、大きくなった。

「今日、安川が離れにいるかどうかは、分からねえ」

弐平が首を捻った。

「そうか」

唐十郎が口を閉じると、

「その離れですがね。安川は連れてきた仲間たちを入れて、一緒に飲むこともあるそうですぜ」

弐平が言い添えた。

「そういうこともあるだろうな」

桑兵衛が、つぶやくような声で言った。

次に口を開く者がなく、その場が重苦しい沈黙につつまれたとき、

「どうです、小鈴の裏手に行ってみませんか。狭いが、店の脇を通れば裏手に行けそうです」

と、唐十郎が言った。

そこは道ではないが、店の脇の地面が踏み固められていて、裏手に出られるらしい。おそらくそこを通って、裏手の離れに行き来している者もいるのだろう。

「行きやしょう」

弐平が身を乗り出して言った。その気になっている。

唐十郎たちは小鈴の脇へ行き、近くに通行人がいないのを確かめてから、裏手にむかった。

踏み固められた地面をすこし歩くと、すぐに小鈴の裏手に出た。小造りだが、二階建ての仕舞屋があった。おそらく、一階が二間、二階が一間だけだろう。出入り口

は、格子戸になっている。

「誰か、いやすぜ」

弐平が声をひそめて言った。

階段を下りてくるような足音が聞こえ、つづいて土間に下りるような音がした。そして、すぐに戸口の格子戸が開いた。

姿を見せたのは、年寄りの女だった。おそらく、掃除、洗濯などの下働きのために雇われているのだろう。

「あっしが、あの女に訊いてきやす」

弐平が言い、すぐにその場を離れた。

弐平は女のそばに行くと、何やら立ったまま話していた。しばらくすると、弐平は踵を返してもどってきた。

女は、戸惑うような顔をして戸口に立っていたが、やがて離れにもどってしまった。

唐十郎は弐平がそばに来るのを待ち、

「離れに、安川はいたか」

と、すぐに訊いた。

「それが、今日はいねえようだ。……女の話だと、安川の旦那は、ちかごろ離れによく来るが、今日は来てねえそうで」

弐平が、その場にいた男たちに目をやって言った。

「いないのか。店にも、裏手の離れにもいないとなると、こうして見張っていてもどうにもならないな」

唐十郎が言うと、その場にいた男たちがうなずいた。

6

「今日のところは、帰るか」

唐十郎が言った。

「帰りに、安川道場を覗いてみよう。安川がもどっているかもしれない」

桑兵衛が言うと、男たちがうなずいた。安川のいない小鈴や離れを見張っていてもどうにもならないのだ。

唐十郎たちが小鈴から半町ほど離れたとき、小鈴の格子戸があいて、遊び人ふうの男がひとり出てきた。

「あいつらは、道場を見張り、仲間たちを斬り殺したやつらだ」

男がつぶやき、唐十郎たちの跡を尾け始めた。どうやら、安川道場に出入りしている男らしい。

唐十郎たちは、尾けてくる男に気付かなかった。安川道場にむかって歩いていく。いっとき歩き、前方に安川道場が見えてくると、唐十郎たちは路傍に足をとめた。

「道場に変わりはないようだ」

桑兵衛が言った。

「裏手の母屋に、安川たちはいるかな」

唐十郎がつぶやいた。

すると、唐十郎の脇にいた弐平が、「あっしが、母屋を覗いてきやしょう」と言い残し、ひとりでその場を離れた。

唐十郎たちは弐平の姿が遠ざかると、

「おれたちは、物置小屋の脇に隠れるか」

桑兵衛が言い、唐十郎たちは、道沿いにある物置小屋の脇に身を隠した。そこは、これまでも何度か身を隠して道場を見張った場所である。

弐平は道場のそばまで来ると、脇にある小径をたどって裏手にある母屋にむかった。

弐平が母屋の脇まで行くと、唐十郎たちには弐平の姿が見えなくなった。弐平は母屋の前に植えられた椿やつつじの灌木（かんぼく）の陰に身を隠して、母屋を探っているにちがいない。

それからいっときすると、弐平が姿をあらわし、道場の脇まで来て小径に出た。弐平は、小走りに唐十郎たちのそばにもどってきた。

唐十郎たちは物置小屋の陰から通りに出て、弐平を迎えた。弐平の息の乱れがおさまるのを待って、桑兵衛が、

「どうだ、何か知れたか」

と、訊いた。

「安川は母屋にいやした。小鈴には、行かなかったようでさァ」

弐平が身を乗り出して言った。

「そのようだ」

唐十郎も、安川は朝から道場の裏手の母屋にいたにちがいない、と思った。

「母屋にいたのは、安川ひとりではあるまい」

桑兵衛が訊いた。

「へい、門弟が何人もいたようでした。松川の名を呼ぶ声も聞こえやした」

弐平が言った。

「松川もいたのか。……松川は安川たちと増田屋に押し入った盗賊のひとりだからな。おれたちは、安川だけでなく松川も討たねば、吉兵衛と権造の無念を晴らすことはできないのだ」

桑兵衛が、いつになく険しい顔をして言った。

次に口を開く者がなく、その場が重苦しい沈黙につつまれると、

「おれたちは、増田屋に押し入った五人のうちの三人、柴崎、広瀬、弥助を討つなり捕らえるなりすることができた。残るは、頭目の安川と松川だけだが、ふたりをこのままにしておいたのでは、吉兵衛と権造からの依頼に応えたことにはならない。……何としても、おれたちの手で、ふたりを討たねばな」

桑兵衛が言うと、その場にいた唐十郎たちがうなずいた。

それからしばらく、唐十郎たちは物置小屋の陰から、道場の裏手の母屋に目をやっていたが、姿をあらわした者はいなかった。

「しかたがない、今日のところは帰るか」

唐十郎が言うと、その場にいた男たちがうなずいた。

唐十郎たちが物置小屋の陰から通りに出て、歩き始めたときだった。

道場の裏手の母屋から脇の小径に、五人の武士が姿をみせた。五人は道場の前の通りを歩いていく唐十郎たちに目をとめた。

「あいつら、狩谷たちだ」

と、大柄な男が言った。どうやら、唐十郎たちのことを知っているようだ。安川のそばにいて唐十郎たちの姿を見たり、話を聞いたりしたことがあったのだろう。

「どうする」

別の男が言った。長身で、ひょろりとした体軀（たいく）の男である。

「跡を尾けよう。あいつらの行き先をつきとめるのだ」

大柄な男が言った。

五人の男は、通り沿いの樹陰や家の陰などに身を隠しながら、唐十郎たちの跡を尾けていく。

「あいつら、自分たちの道場に帰るだけではないか。あいつらの道場は、松永町にあると聞いている。……跡を尾けても、無駄骨ではないか」

長身の男が言った。

「おい、あいつら、おれたちの手で始末するか。おれたちは五人。向こうは四人だが、ひとりは刀を持っていない町人だ。三人とみていい」

大柄な男が言った。腕に覚えがあるらしい。

「だが、あいつら、遣い手と聞いているぞ……」

長身の男が、不安そうな顔をして言った。

「それならこうしよう。裏道を通って先回りし、物陰に隠れてあいつらを取り囲み、一太刀浴びせるのだ。……ひとりでもふたりでも斬れれば、逃げずに残った相手を取り囲んで斬る手もある」

大柄な男が言うと、その場にいた四人がうなずいた。

「行くぞ」

大柄な男が先にたった。

五人の男は脇道に入ると、走りだした。脇道は唐十郎たちのいる通りよりまわり道になるのだが、走れば前に出ることができる。

7

唐十郎たちは、道場の裏手の母屋から出てきた五人の男に気付かなかった。四人で話しながら歩いていく。

唐十郎たちが、道場から三町ほど離れたときだろうか。通り沿いにあった下駄屋の脇の道からいきなり、五人の武士が通りに飛び出してきた。そして、唐十郎たちを取り囲むようにまわり込んだ。

唐十郎たちは驚いて、その場に棒立ちになった。そして、武士たちが道場の門弟らしいと気付くと、

「安川道場から跡を尾けてきて、先まわりしたのか！」

唐十郎が声を上げた。

「いかにも」

唐十郎の前に立った大柄な男が言った。刀の柄に右手を添えているが、まだ抜いてはいない。

「おぬしたちは、道場主の安川が、呉服屋に押し入った盗賊の頭だということを知っ

ているのか」

唐十郎が訊いた。

「知らぬ。……そんな話を耳にしたことはあるが、門弟たちは作り話だと思っている。安川さまに限ってそのような悪事に手を染めるはずがない。それに、安川さまが身を隠そうとしないのは、盗賊などとかかわりがないからだ」

大柄な男が言うと、他の男たちがうなずいた。

……こやつらに、何を話しても無駄だな。道場主の安川を信じきっている。

唐十郎は胸の内でつぶやき、居合の抜刀体勢をとった。

そばにいた桑兵衛と弥次郎も抜刀した。ふたりは抜き打ちでなく、切っ先を向け合って斬り合うつもりらしい。

弐平は十手(じって)を取り出したが、手が顫えている。

「弐平、おれの後ろへまわれ！」

唐十郎が声をかけた。このまま道場の門弟たちと斬り合うと、弐平の十手では太刀打ちできない。

弐平は、慌てて唐十郎の背後にまわった。まだ手にした十手が顫えている。

「行くぞ！」

唐十郎の前に立った大柄な男が抜刀し、切っ先をむけた。すると、そばにいた他の四人も、斬り込んでくる気配を見せた。

大柄な男は青眼に構え、切っ先を唐十郎の目線につけた。

……なかなかの遣い手だ！

と、唐十郎はみた。大柄な男の構えには隙がなかったし、唐十郎の目にむけられた切っ先が、そのまま眼前に迫ってくるような威圧感があった。

対する大柄な男も、驚いたような顔をした。唐十郎はまだ刀を抜いていなかったが、抜刀体勢に、眼前に迫ってくるような威圧感があったからだろう。

「おぬし、できるな」

大柄な男が、青眼に構えたまま言った。

「おぬしもな」

唐十郎が、そう声をかけたときだった。

大柄な武士は唐十郎の全身の威圧感が薄れたのを感じ、イヤアッ！　と裂帛の気合を発して斬り込んだ。

青眼の構えから、踏み込みざま真っ向へ――。

唐十郎は一歩身を退きざま、抜刀した。キラッ、と刀身が光った次の瞬間、唐十郎の切っ先が袈裟にはしった。

大柄な武士の切っ先は、唐十郎の左の肩先をかすめて空を切り、唐十郎の切っ先は、武士の肩先をとらえた。

バサッ、というかすかな音がし、武士の小袖が肩から胸にかけて裂けた。そして、露わになった肌に血の線がはしった。

武士は慌てて身を退いた。肩から胸にかけて肌が裂け、血が流れ出ている。ただ、それほどの深手ではなかった。皮肉を浅く裂かれただけらしい。

武士は唐十郎から三間ほど離れて間をとり、

「おぬし、やるな!」

と、睨むように見据えて言った。武士の手にした刀の切っ先が、小刻みに震えている。武士は唐十郎に斬られたことで、体が硬くなり、腕に力が入り過ぎているのだ。

一方、唐十郎は素早く納刀し、ふたたび刀の柄に右手を添えて腰を沈めた。居合の抜刀体勢をとったのである。

武士は唐十郎に一太刀浴びせられて逆上し、居合の抜刀体勢をとった唐十郎と向き合っている。

武士の青眼に構えた切っ先が震えていた。隙だらけである。

「かかってこい！　次は首を落とす」

唐十郎が、武士を見据えて言った。

すると、武士は恐怖に歪んだ顔で後退り、唐十郎との間合があくと、反転して走りだした。逃げたのである。

唐十郎は逃げる武士を追わず、近くにいた桑兵衛と弥次郎に目をやった。ふたりとも無事だった。それぞれ、斬り合っていた敵は、その場から逃げていた。遠方ではっきりしないが、桑兵衛たちの切っ先を浴びたらしく、着物が裂けたり、肌が血に染まったりしている。

「そこに、ひとり残っていやす」

弐平が、路傍に蹲っている武士を指差して言った。小袖が肩から胸にかけて裂け、露わになった肌が血塗(ちまみ)れである。

「その男は、おれが斬ったのだ。命を落とすようなことはないはずだ」

桑兵衛が言った。

「話を聞いてみますか」

唐十郎が言い、桑兵衛、弥次郎、弐平の三人も、蹲っている武士のそばに集まった。

武士は唐十郎たちが近付くと、顔をむけた。苦しげな呻き声を漏らしている。

「心配するな。それほどの深手ではない」

唐十郎がそう言った後、「おまえの名は」と訊いた。

武士は唐十郎を見て戸惑うような顔をしたが、

「さ、佐久間、源次郎……」

と、声をつまらせて名乗った。

「佐久間か。……おれたちを襲った者たちは、いずれも安川道場の門弟だな」

唐十郎が訊いた。

佐久間は、すぐに答えた。隠す気はないらしい。

「そ、そうだ」

「道場主の指図か」

唐十郎は、安川の名を出さずに訊いた。

「ち、ちがう。一緒に道場の裏手の母屋を出た仲間の門弟たちが、おぬしたちの姿を見て……」

佐久間の声が震えた。

「俺たちを斬る気になったのだな」

唐十郎が念を押すように訊いた。

「そうだ」

「うむ……」

唐十郎が口を閉じると、脇にいた桑兵衛が、

「おぬしたち門弟は、道場主の安川や門弟の松川たちが、商家に押し入って大金を奪い、手代ひとりを斬り殺したことを知っているのか」

と、佐久間を見つめて言った。

佐久間は目を剝き、息を吞んだ。そして、脇にいた桑兵衛に顔をむけ、

「う、噂は耳にしたが、道場主の安川さまは、関わりないと……」

と、身を乗り出すようにして言った。

「安川は道場を建て直すらしいが、その金はどこから出るのだ。まさか、門弟たちが金を出し合って道場を建てるわけではあるまい」

珍しく、唐十郎が語気を強くして言った。

「門弟たちが、金を出し合うようなことはないが……」

佐久間の視線が膝先に落ちた。握りしめた両拳の顫えが激しくなっている。

次に口を開く者がなく、その場が重苦しい沈黙につつまれたとき、

「だが、門弟たちが悪いわけではない。悪いのは、道場主の安川と盗賊仲間だ」

唐十郎はそう言った後、

……残っているのは、安川と松川のふたりだけだ。

と、胸の内でつぶやいた。

第五章　小料理屋

1

「安川は、道場にいるでしょうか」

唐十郎が、安川道場へつづく道を歩きながら言った。

「どうかな。おれはいないような気がするが……。安川も、裏手の母屋に籠っていて門弟と話すだけでは、飽きるだろう」

桑兵衛が言った。

すると、唐十郎と桑兵衛の脇を歩いていた弐平が、

「あっしも、安川は母屋にいないとみてやす。門弟たちを相手にするだけでは飽きるし、情婦を相手に一杯やっていた方が、どれだけ楽しいか……」

と、薄笑いを浮かべて言った。

「ともかく、母屋を探ってみて、いなければ、おれんのいる小鈴に行ってみよう」

唐十郎が口にしたおれんは小料理屋の小鈴の女将で、安川の情婦でもある。

「おれも、安川は小鈴にいるような気がします」

唐十郎の脇を歩いていた弥次郎が、口を挟んだ。

「そうだな。小鈴にいるかもしれんな」

　桑兵衛が言った。

　唐十郎、桑兵衛、弥次郎、弐平の四人は、増田屋に押し入った盗賊の頭でもある安川と、やはり盗賊のひとりである松川を捕らえるなり討つなりするために、安川道場にむかっていた。

　増田屋に押し入った盗賊は、手引きをした弥助を加えて五人だが、すでに斬るなり捕らえるなりして、残るは頭目の安川と松川だけだった。このところ、松川は安川と一緒にいることが多いので、ふたり一緒に討つか捕らえるかすることができるかもしれない。

　唐十郎たち四人がそんなやり取りをして歩いているうちに、前方に安川道場が見えてきた。

　唐十郎たちは路傍に足をとめ、安川道場と裏手にある母屋に目をやった。

「道場は閉まったままで、人のいる様子はありませんが、母屋かな」

　唐十郎が言った。

「あっしが、母屋を見てきやしょう。旦那たちは、この辺りで待っててくだせえ」

　弐平はそう言い残し、ひとりで母屋にむかった。

唐十郎たちは、路傍に立ったまま弐平に目をむけていた。こうしたことは、弐平に任せることが多かった。

弐平は道場の脇まで行くと足をとめ、周囲に目をやって、門弟たちがいないか確めてから、道場の脇の小径をたどって母屋にむかった。

弐平は母屋の近くまで行くと、道場の裏手にまわったらしく、その姿が見えなくなった。それから小半刻（三十分）ほど経って、弐平が姿をあらわし、唐十郎たちのそばに戻ってきた。

「どうだ、母屋に安川はいたか」

すぐに、唐十郎が訊いた。

「それが、母屋には門弟が三、四人いただけで、安川はいねえんでさァ」

弐平が、唐十郎たち三人に目をやって言った。

「いないのか。……安川はどこへ行ったか、分かるか」

桑兵衛が訊いた。

「家の戸口から下男が出てきたんで、訊いたんですがね。安川は朝の内に家に姿を見せた男と一緒に出掛けたそうでさァ」

「姿を見せたのは、門弟か」

すぐに、唐十郎が訊いた。

「それが、松川のようです。下男の話だと、松川はときどき母屋に来るので、名を覚えたそうで」

「安川は松川を連れて、何処へ出掛けたのだ」

さらに、唐十郎が訊いた。

「下男は、情婦(いろ)のところらしい、と言ってやした」

「小鈴か！」

唐十郎の声が、大きくなった。

「小鈴にちげえねえ」

弐平は確信があるらしく、断定するように言った。

「おれも、小鈴とみた」

桑兵衛が脇から言い添えた。

「これから、小鈴に行ってみますか」

唐十郎が言うと、その場にいた男たちがうなずいた。

唐十郎たち四人は、安川道場の前の通りから蕎麦屋の脇にある道に入った。その道の先に、小料理屋の小鈴がある。

唐十郎たちは通りの先に小鈴が見えてくると、路傍に足をとめた。

「暖簾が出ている。店は開いているようだ」

唐十郎が言った。

「店の近くまで行ってみるか」

桑兵衛が、男たちに目をやって言った。

唐十郎たち四人は通行人を装うために、すこし間をとって歩いた。そして、小鈴の前で歩調を緩(ゆる)めたが、足をとめずに通り過ぎた。

唐十郎たちは、小鈴から一町ほども離れた路傍に足をとめた。そこでも、人目を引かないように道沿いで枝葉を繁らせていた欅の樹陰に身を寄せた。そこなら、樹陰で一休みしているように見えるはずだ。

「店のなかから、男の声が聞こえたな」

桑兵衛が、切り出した。

「女将のおれんの声も、聞こえやしたぜ」

弐平が言った。唐十郎たちは、おれんが客と話しているのを何度か耳にしていたので、声を聞いただけでおれんと分かる。

「男の物言いは、職人のようだったが……」

桑兵衛は語尾を濁した。声を聞いただけでは職人と断定できないのだろう。

「他にも客はいたようですが、武士かどうか、分からなかった」

唐十郎が言うと、

「店を覗くわけにはいかないし、安川が来ているかどうか探るには、客が出てくるのを待って訊くしかないな」

桑兵衛が言い添えた。

2

唐十郎たち四人は路傍に立ったまま、小鈴の店先に目をやっていた。話を聞けそうな客が出てくるのを待つことにしたのだ。

それから、半刻（一時間）ほど経ったろうか。小鈴に入った客はいたが、出てくる客はいなかった。

「出てこねえなァ」

弐平が生欠伸を噛み殺して言った。

「どうだ、客を装って、小鈴を覗いてみるか」

桑兵衛が、そう言ったときだった。遊び人ふうの男がひとり出てきた。その後ろに、女将のおれんの姿も見えた。表戸が開き、おれんは客の男を送り出すために、店から出てきたらしい。

遊び人ふうの男は、おれんに何やら声をかけて、笑い声を上げた。何か剽げたことでも口にしたのかもしれない。

「嫌ですよ、このひと」

と、おれんが言い、男の背をつついた。

男は笑い声を上げたが、すぐに笑うのをやめ、

「女将、また来るぜ」

と言い残し、その場を離れた。

おれんは、戸口に立って男を見送っていたが、男が店先から離れると、踵を返して店にもどった。

男は肩を振るようにして、通りのなかほどを歩いていく。

「あっしが、あの男に店のなかの様子を訊いてきやす」

弐平はそう言い残し、男の後を追った。

弐平は男に追いつくと、何やら声をかけた。そして、男と立ち話をしていたが、い

っとすると男が歩きだした。弐平は、男がすぐに返答できることを訊いたのだろう。

弐平が唐十郎たちのそばにもどると、

「安川は、小鈴に来ていたか」

すぐに、唐十郎が訊いた。

「来ていたらしいが、今は店にいねえようですぜ」

弐平が、その場にいた男たちに目をやって言った。

「帰ったのか」

桑兵衛が訊いた。

「帰(けえ)ったわけじゃァねえ。男の話だと、二本差しは店にいたが、女将と一緒に店の裏手から出て、女将だけもどったらしい」

弐平の口元に薄笑いが浮いた。

「裏手にある離れか」

唐十郎が、声高に訊いた。

「そうみていい。……安川は、小鈴の裏手にある離れにいるにちげえねえ」

弐平は、小鈴に目をやりながら言った。

次に口を開く者がなく、その場は沈黙につつまれたが、

「どうだ、裏手の離れに行ってみるか、安川がいれば、その場で捕らえるなり、斬るなりしてもいい」

桑兵衛が男たちに目をやりながら言った。それだけ、安川を生きたまま捕らえるのは難しいとみているのだろう。

「行ってみやしょう」

弐平が、小鈴の脇に目をやった。そこは道ではないが、裏手に行くことができる。

唐十郎たちは、小鈴の脇を通って裏手に行ったことがあったのだ。

唐十郎たちは小鈴の脇に行き、念のために辺りに目をやった。安川の仲間が付近にいないかどうか、確かめたのである。

裏手といってもすぐだった。小鈴の脇をすこし歩くと、店の裏手に出た。すぐ目の前に離れがある。

唐十郎たちは、小鈴の裏手の離れを探ったことがあったので、離れの様子も分かっていた。

「戸口の脇に、下働きの女がいやすぜ」

弐平が指差した。

唐十郎たちは以前小鈴の裏手に来たとき、下働きの年寄りの女から話を聞いたことがあったのだ。

「あっしが、訊いてきやす」

弐平はそう言い残し、すぐに下働きの女に近付いた。以前来たときも、弐平がその女から話を聞いていたのだ。

唐十郎たちは下働きの女に姿が見えないように、樹陰に身を潜めた。この場は弐平に任せようと思ったのだ。

弐平はいっとき下働きの女と話していたが、踵を返して唐十郎たちのいる場にもどってきた。下働きの女は戸口にもどると、そのまま家に入ってしまった。

「弐平、離れに安川はいたか」

すぐに、唐十郎が訊いた。

「それが、離れにいねえんでさァ」

弐平が下働きの女から聞いたことによると、安川は離れにいっときいただけで帰ったという。

「下働きの女の話だと、安川は離れにひとりで来たのではなく、武士をひとり連れてきたそうですぜ」

弐平が言った。

「どういうことだ」

唐十郎が、身を乗り出して訊いた。そばにいた桑兵衛と弥次郎も、弐平の次の言葉を待っている。

「安川は以前その男を連れてきたことがある、と下働きの女は言ってやした」

「おい、その男、安川とともに増田屋に押し入った松川ではないか」

唐十郎が、声高に言った。

「その男の名は、松川か」

桑兵衛が訊いた。

「下働きの女は、マツカワ、と聞こえたと言ってやした」

弐平が、身を乗り出して言った。

「松川か！　安川は、盗賊の仲間の松川を離れにまで連れてきていたのだ。……人知れず話すのに、離れはいい場所なのかもしれない」

桑兵衛が言うと、その場にいた男たちがうなずいた。

次に口を開く者がなく、その場が沈黙につつまれたとき、

「これで、安川が盗賊の仲間のひとりである松川と小鈴の離れで会っていることが分

かったな」

と、唐十郎が語気を強くして言った。

「離れで、増田屋に押し入る相談をしていたのかもしれねえ」

そう言って、弐平は男たちに目をやった。

3

「今日は、どこへ行く」

桑兵衛が、唐十郎に訊いた。

唐十郎、桑兵衛、弥次郎、弐平の四人は、神田松永町にある狩谷道場を出たところだった。小鈴の裏手にある離れで下働きをしている女から話を聞いた翌日である。

「念のために、安川の道場を見てから小鈴にまわりますか」

唐十郎が言った。

「それがいい」

桑兵衛が言うと、そばにいた弥次郎と弐平がうなずいた。

唐十郎たち四人は御徒町通りを経て、安川道場のある平永町に入った。このところ、唐十郎たちが何度も行き来した道である。

唐十郎たちは前方に安川道場が見えてくると、路傍に足をとめた。

「裏手の母屋に、安川はもどっているかな」

唐十郎が言った。安川は、今日も小料理屋の小鈴に行っているのではないかと思ったのだ。

「あっしが、見てきやしょうか」

弐平が言った。

「弐平、無理するな。門弟がいるようだったら、そのまま帰ってこい。門弟たちに知れると、逃げるのが難しくなるからな」

唐十郎には、安川も唐十郎や桑兵衛たちの動きに目を配っているのではないか、という危惧があったのだ。

「無理はしやせん」

そう言い残し、弐平は道場に足をむけた。

弐平は道場の脇の小径をたどり、裏手の母屋にむかった。そして、母屋の近くまで行くと、弐平の姿が見えなくなった。弐平は、母屋の前に行ったらしい。

いっときすると、弐平が姿をあらわした。母屋の近くから道場の脇の小径に出て、唐十郎たちのいる方へ足早にもどってくる。

弐平が唐十郎たちのそばに来ると、

「安川はいたか」

すぐに、桑兵衛が訊いた。

「それが、下働きの男しかいねえんでさァ。母屋はひっそりとして、安川だけでなく門弟たちも来てねえようだ」

弐平が首を捻りながら言った。これまで、母屋に門弟たちが来ていることが多かったので、拍子抜けしたような思いがしたのだろう。

「安川は、門弟たちを何人か連れて、母屋を出たのではないか」

唐十郎が言った。

「そうみていいな」

桑兵衛が言うと、そばにいた唐十郎と弥次郎がうなずいた。

「やはり、安川は小鈴に行ったのか」

弐平がそう言い、「これから、小鈴にまわりやすか」と唐十郎たち三人に目をやって訊いた。

「そのつもりで来ている。小鈴にまわろう」

唐十郎が言うと、その場にいた男たちがうなずいた。

唐十郎たちは、安川道場の前の通りから蕎麦屋の脇にある道に入った。そこから小鈴はすぐである。

通りの先に小鈴が見えてくると、

「店は開いてやすぜ」

弐平が言った。小鈴の店先に暖簾が出ている。

唐十郎たちは、小鈴から一町ほど離れた路傍で枝葉を繁らせていた欅の樹陰に身を隠した。そこは、これまでも通行人の目を逃れて、小鈴を見張った場所である。

「小鈴に、安川はいるかな」

唐十郎が言った。まず、安川が来ているか確かめねばならない。

「店に踏み込むわけにはいかねえし、店から出てきた客をつかまえて、訊くしかねえか」

弐平が言った。だがその日は、店から客がなかなか出てこなかった。

「あっしが、ちょいと店を覗いてきやす」

弐平がそう言って、樹陰から出た。

ふいに、弐平の足がとまった。そのとき、小鈴の表戸があき、商家の旦那ふうの男がふたり、その後から女将のおれんが姿を見せた。おれんは男ふたりを見送るために、小鈴の戸口から出てきたようだ。

ふたりの男は、小鈴で飲み食いしながら商談でもしたのかもしれない。ふたりとも、酔っているような様子はなかった。

「また、来てくださいね」

おれんが、ふたりの男に声をかけた。

ふたりの男も、おれんに「また、来る」と言い残し、戸口から離れた。そして、ふたりで何やら話しながら、通りを歩いていく。

おれんは戸口に立ったままふたりの男を見送っていたが、遠ざかると、踵を返して店にもどってしまった。

「あっしが、あのふたりに訊いてきやす」

弐平がそう言い残し、小走りにふたりの男の後を追った。

弐平はふたりの男に声をかけ、何か話しながら歩いていたが、すぐに足をとめた。そして踵を返すと、足早に唐十郎たちのそばにもどってきた。

「安川たちは、いたか！」

すぐに、唐十郎が訊いた。まず、そのことが知りたかったのだ。

「は、離れに、いるようですぜ。……男の話だと、半刻（一時間）ほど前まで、小鈴で二本差しが二人飲んでいたが、店の裏手から出て、もどってこないそうで」

弐平が声をつまらせて言った。足早にもどってきたので、息が切れたらしい。

「安川たちは、離れにいるのか」

桑兵衛がそう言って、小鈴の脇に目をやった。小鈴の脇から、裏手にある離れに行くことができるのだ。

「離れに行きますか」

唐十郎が言うと、その場にいた男たちがうなずいた。

4

唐十郎、桑兵衛、弥次郎、弐平の四人は、小鈴の近くに誰もいないのを確かめてから、店の脇を通って裏手にむかった。

離れはすぐだった。離れから、障子を開け閉めするような音や廊下を歩くような音が聞こえてきた。

「大勢、いやすぜ！」

弐平が、声をひそめて言った。驚いたような顔をしている。そばにいた唐十郎たちの顔にも、驚きの色があった。離れに大勢いるようなのだ。

「どうしやす」

弐平が、唐十郎たちに目をむけて訊いた。

「迂闊に踏み込めないな。……何人いるか、分からんぞ」

桑兵衛が声をひそめて言った。桑兵衛の顔には、驚きと警戒の色があった。

次に口をひらく者がなく、その場が重苦しい沈黙につつまれたとき、

「そこの椿の陰に身を隠して、様子を見ますか」

唐十郎が言った。

「それしかないな」

すぐに、桑兵衛が同意した。

唐十郎たちは、椿の陰に身を隠した。椿はこんもりと枝葉を繁らせていたが、四人もいると、姿を隠しきれない。ただ、誰かいる、と思って注視しなければ、見逃すだろう。

唐十郎たち四人が椿の陰に身を隠して、半刻（一時間）ほど経ったろうか。離れの表戸が開いて、下働きの女が出てきた。

「あっしが、訊いてきやす。あの女とは、顔馴染みだ」

弐平が薄笑いを浮かべて、椿の樹陰から出た。そして、足音を立てないように気をつかいながら、女に近付いた。

女は弐平の姿を見て驚いたような顔をしたが、すぐに驚きの表情を消した。弐平と話したことを思い出したのだろう。

弐平は女と声をひそめて話していたが、女が離れの方に歩き出すのを待って、唐十郎たちのそばに戻ってきた。

「弐平、何か知れたか」

すぐに、桑兵衛が訊いた。

「それが、離れには、安川をはじめ、二本差しが八人もいるようですぜ」

弐平が、声をひそめて言った。

「なに！ 八人だと」

桑兵衛が、驚いたような顔をした。桑兵衛のそばにいた唐十郎と弥次郎も、目を剝いている。

次に口を開く者がなく、その場が重苦しい沈黙につつまれたとき、

「武士が八人か。まともにやったら、勝ち目はないな」

唐十郎はそう言った後、

「だが、それほど広くない離れに、八人も泊まるはずはないぞ。夜具もなく、廊下でごろ寝するわけにはいくまい」

と、言い添えた。すると、そばにいた弐平が、

「様子を見やしょう。安川が二、三人だけ残して、他の男たちを帰せば、踏み込んで討つことができやすぜ」

と、目を光らせて言った。

「弐平の言うとおりだ。すこし、様子を見よう」

桑兵衛が、その場にいた男たちに目をやって言った。

唐十郎たちは椿の陰に身を隠し、安川の連れてきた男たちが離れから出て来るのを待っていた。

それから一刻（二時間）ほど過ぎたが、離れから誰も出てこなかった。痺れを切らした弐平が、ふいに椿の陰から身を乗り出し、「だれか、出てきやす！」と、声を殺して言った。

そのとき、離れの表戸の開く音がし、武士がふたり姿を見せた。ふたりとも、羽織に袴姿で大小を帯びていた。ふたりは酔っているのか、赤い顔をしていた。足元がす

こしふらついている。

「ふたりだけか」

身を乗り出して見ていた桑兵衛の顔に、落胆の色が浮いた。

そばにいた唐十郎と弥次郎も、がっかりしている。ふたり離れを出ても、まだ武士が六人も残っているのだ。何とか六人を討ち取ったとしても、味方から犠牲者が出ることはまちがいない。

そのとき、弐平は桑兵衛たちが動かないのを見て、

「あっしがあのふたりに、離れに残ったやつらはこの後どうするつもりなのか、訊いてきやすよ」

と言って、音のしないように椿の陰から出た。

弐平は足音をたてないようにふたりの武士の跡を尾け、ふたりが小鈴の脇を通って表に出るのを待ってから、小走りになった。そして、表通りを歩いていく二人の武士に追いついた。

弐平はふたりの武士に声をかけ、ふたりのそばから離れないように歩きだした。ふたりの武士は、そばに来ていきなり話しかけてきた弐平に不審をもったようだが、弐平の問いが小鈴の料理や女将のことだけなので安心したらしく、弐平の問いに答える

ようになった。それに、自分たちから弐平に訊くこともあったのだ。

弐平は小鈴のことを話題にしながらも、離れに残った安川たちがこの後どうするつもりなのか、巧みに聞き出した。

ふたりの武士が口にしたのは、離れに残った安川たちは、今夜、帰らずに離れに泊まるということだった。

弐平は訊くだけでなく、ふたりの武士に訊かれたことにも答えた。そして、小鈴から一町ほど歩いたところで足をとめ、

「あっしは小鈴で一杯やって、帰(けえ)りやす。酒を飲まねえと、落ち着かねえんでさァ」

と言って、ふたりの武士に頭を下げた。そして、ふたりの武士が離れたところで、踵を返した。

弐平は、唐十郎たちのいる椿の陰にもどると、ふたりの武士から聞いたことを一通り話した。

「安川たちは、帰らずに離れに泊まるのか」

桑兵衛が、念を押すように訊いた。

「そうでさァ。離れから帰(けえ)ったふたりの他は、泊まるようです」

弐平が言った。

「残っているのは、六人か」

桑兵衛が、肩を落として言った。離れに踏み込んで討つには、人数が多過ぎる。

「離れの見張りをつづけ、別の武士が離れから出るのを待ちますか」

黙って聞いていた弥次郎が言った。

「いや、明日まで、離れを出る者はおるまい。……仕方無い、今日は諦めて帰るか」

桑兵衛が言うと、その場にいた男たちがうなずいた。いずれも、肩を落として残念そうな顔をしている。

唐十郎たち四人は諦めて椿の陰から離れ、表通りにもどった。今日のところは、それぞれの塒に帰るのである。

5

唐十郎たちは小鈴に出掛けた翌日、安川道場には行かず、小鈴に足をむけた。裏手の離れに安川たちがいれば、機会を見て捕らえるなり討つなりするつもりでいた。

唐十郎たちは小鈴の前まで来て、足をとめた。

「小鈴は、ひらいてやすぜ」

弐平が言った。店先に暖簾が出ている。

四ツ（午前十時）ごろだった。まだ小鈴に客はいないらしく、店内はひっそりとしている。

「どうしやす。……あっしが、覗いてきやしょうか」

そう言って、弐平が小鈴にむかって歩きだした。ふいに、その足がとまった。小鈴の格子戸が開いて、女将と武士がひとり出てきたのだ。武士は小袖に袴姿だった。牢人ふうではなく、御家人かそれほど家禄の多くない小身の旗本の倅といった感じである。

弐平は慌てて、唐十郎たちのいる場にもどった。

「あの二本差し、離れにいた男かもしれねえ」

弐平が言った。

「そうだな。こんなに早く、小鈴で一杯やって出てきたとは思えん」

唐十郎は、身を乗り出して武士を見つめている。

武士は女将と二言三言、言葉を交わすと、小鈴の戸口から離れて歩きだした。女将は武士が離れると、踵を返して店にもどった。どうやら女将は武士を見送りに、戸口まで出てきたようだ。

「あの男に、あっしが訊いてきやしょうか」

弐平が言った。

すると、黙って武士に目をやっていた弥次郎が、

「おれが訊いてこよう。こうした場で話を聞くのは弐平ばかりだから、あの武士はどこかで弐平の姿を目にしているかもしれんぞ」

と、身を乗り出して言った。

「そうだな。ここは、弥次郎に頼むか」

桑兵衛が、弥次郎に目をやった。

弥次郎はすぐにその場を離れ、小走りに武士の後を追った。そして追いつくと、背後から声をかけた。

武士は足をとめて弥次郎に顔をむけたが、ふたりは何やら言葉を交わし、ゆっくりした歩調で歩きだした。

弥次郎は武士と話しながら、一町ほど歩いたろうか。話が済んだらしく、弥次郎が足をとめた。そして、武士がその場から離れると、弥次郎は踵を返し、唐十郎たちのいる場にもどってきた。

「どうだ、何か知れたか」

すぐに、桑兵衛が訊いた。

「あの男の話だと、小鈴の小上がりに武士が五、六人いたそうです」

弥次郎の声が昂っていた。

「安川たちか！」

桑兵衛の声が大きくなった。

「それが、武士が何者かは分からないのです。五、六人の武士が、小上がりで飲んでいたというだけで……」

弥次郎が、言葉を濁した。

次に口を開く者がなく、その場が重苦しい沈黙につつまれたとき、

「安川たちに、ちがいねえ」

と、弐平がつぶやいた。

「おれも安川たちと見るが、迂闊に小鈴に踏み込んで別の武士たちが飲んでいたら、引っ込みがつかなくなるぞ」

桑兵衛が言った。

「そうですね」

唐十郎が、うなずいた。男たちは戸惑うような顔をして、その場に立っている。

そのとき、桑兵衛が何か思いついたのか、

「裏手の離れに行けば、小鈴にいる武士たちが何者か、すぐに知れるのではないか。安川たちが離れにいれば、武士らしい物言いが聞こえるはずだ」

と、男たちに目をやって言った。

「あっしが、離れを覗いてきやしょう」

すぐに、弐平が言った。

「弐平、無理をするな。おれも一緒に行ってもいいぞ」

唐十郎が言うと、

「なに、狩谷の旦那が言うとおり、離れに近付けば、安川たちがいるかどうか、すぐに知れまさァ」

弐平はそう言い残し、ひとりで小鈴の脇の道から裏手にむかった。

いっときすると、弐平は戻ってきた。そして唐十郎たちのそばに来ると、

「離れに、安川たちはいねえ。いるのは、下働きの女だけでさァ」

と、昂った声で言った。

「仲間の武士も、いないのか」

桑兵衛が念を押すように訊いた。

「いねえ。下働きの女の話だと、安川たちは朝のうちに離れを出て、小鈴の背戸から店に入り、飲み食いしてるそうですぜ」

「すると、今、小鈴にいる武士たちは、安川たちだな」

唐十郎が、身を乗り出して言った。

「まちげえねえ。小鈴にいるのは、安川たちだ」

弐平につづいて口を開く者がなく、男たちは緊張した面持ちで顔を見合わせていたが、

「安川たちを討とう！」

唐十郎が言った。すると、その場にいた男たちがうなずいた。男たちには殺気があった。安川たちを斬る気なのだ。

「店に踏み込みやすか」

弐平が、男たちに目をやって訊いた。

「駄目だ。小鈴におれたちが踏み込んだら、安川たちは背戸から逃げるだろうし、狭い店内で斬り合ったら、味方から何人もの犠牲者が出るぞ」

桑兵衛は、いつになく厳しい顔をしている。

「安川たちが、店から出てくるのを待つしかないな」

唐十郎が、男たちに目をやって言った。

6

唐十郎たちは、小鈴から半町ほど離れた道沿いにあった下駄屋の脇に身を隠した。安川たちが小鈴から姿をあらわし、下駄屋の近くまで来たら通りに飛び出し、前後を塞いで討つつもりだった。安川たちは、小鈴からなかなか出てこなかった。腰を落ち着けて、酒を飲んでいるのだろう。

「出てこないなァ」

唐十郎がつぶやいた。桑兵衛たち三人も、うんざりした顔をしている。

そのときだった。小鈴の入口の格子戸が開いた。まず、女将のおれんが顔を出し、つづいて安川、さらに四人の武士がつづいた。四人のなかには、松川の姿もあった。

安川たち五人は戸口から出ると、通りの左右に目をやった。唐十郎たちが近くにいないか確かめたのだろう。

「近くに、武士の姿はないな」

先に小鈴から出た武士のひとりが言った。下駄屋の脇に身を隠している唐十郎たちの姿は、見えなかったらしい。

「ひとまず、道場へ帰るか」

安川が言った。

すると、おれんが安川に体を寄せ、

「おまえさん、また来ておくれよ」

と、甘えるような声で言った。

「そうだな。近いうちに、また来よう」

安川はそう言って小鈴の戸口から離れて、剣術道場のある方に足をむけた。戸口近くにいた松川と三人の武士が、安川を取り囲むようにして歩きだした。

唐十郎たちは下駄屋の脇に身を隠したまま、安川たちが近付くのを待っている。安川たちが下駄屋の近くまで来たとき、

「行くぞ！」

と、唐十郎が声をかけ、四人の男が一斉に通りに飛び出した。

唐十郎と弥次郎が、安川たちの前に――。桑兵衛は背後に――。弐平は桑兵衛の後ろにまわり込んでいる。

「狩谷道場のやつらだ！」

安川が叫んだ。すると、その場にいた松川と三人の武士が二手に分かれ、安川の前後にまわり込んだ。動きがいい。おそらく、唐十郎たちに襲われたとき、二手に分かれて安川の前後をかためるように話してあったのだろう。

「安川、観念しろ！」

唐十郎は安川の前に立った男にはかまわず、切っ先を安川にむけようとした。

すると、安川の前にいた門弟のひとりが、喉を裂くような気合を発し、いきなり斬り込んできた。

刀を振りかぶりざま、真っ向へ——。

だが、門弟は気が昂っているせいで体が硬くなり、斬撃に速さも鋭さもなかった。

唐十郎は左手に体を寄せて門弟の切っ先を躱しざま抜刀し、刀身を袈裟に払った。一瞬の太刀捌きである。

唐十郎の切っ先が、門弟の肩から胸にかけてを切り裂いた。門弟は呻き声を上げて前によろめき、足をとめると腰から崩れるように倒れた。地面に腹這いに倒れた門弟は、這って通りの隅に逃げようとした。

唐十郎は逃げる門弟にかまわず、そばにいた安川に切っ先をむけた。

すると、安川が唐十郎に目をむけ、

「居合が抜いたな」

と、薄笑いを浮かべて言った。だが、唐十郎にむけられた目は笑っていなかった。鋭いひかりを宿している。

「小宮山流居合には、抜いてからの技もある」

唐十郎は手にした刀の切っ先を後方にむけ、両腕を腰の脇につけた。脇構えのような格好である。唐十郎はその体勢から、居合の抜刀の呼吸で斬り込むのである。

「いくぞ！」

安川が、八相に構えた。

道場主だけあって、構えに隙がない。それに、上から覆いかぶさってくるような威圧感がある。

ふたりは対峙したまま、動かなかった。全身に斬撃の気配を見せて、気魄で攻め合っている。

そのとき、安川の脇にいた門弟が甲走った気合を発して、唐十郎にむかって斬り込んだ。刀を振り上げざま、真っ向へ。

咄嗟に唐十郎は身を退いて、門弟の切っ先を躱し、刀身を横に払った。一瞬の攻防である。

唐十郎の切っ先が、門弟をとらえた。門弟が呻き声を上げてよろめいた。胸から右の二の腕にかけて、小袖が裂け、血が流れ出ている。

門弟は、慌てて後ろに逃げた。恐怖で顔をひきつらせている。それほどの深手ではないが、出血を見て逆上したようだ。

門弟が斬られたのを見た安川は素早く後退（あとずさ）り、唐十郎との間があくと、抜き身を手にしたまま走りだした。逃げたのである。

「逃がさぬ！」

唐十郎が、安川の後を追った。

このとき、松川は弥次郎と向き合っていたが、安川が逃げるのを目にし、慌てて身を退いた。そして、弥次郎との間があくと、反転して逃げ出した。

「待て！」

弥次郎は松川の後を追ったが、すぐに足をとめた。松川の逃げ足が速く、追いつきそうもなかったからだ。

松川たちの姿は、通りの先にちいさくなっていく。

唐十郎たちと安川たちとの闘いは、終わった。命を落とした者はいなかった。安川に同行した門弟と思われる男がふたり、唐十郎たちに斬られたが、それほどの深手ではないらしく、その場から逃げ去った。

唐十郎は手にした刀を鞘に納めてから、

「どうします、安川たちの後を追いますか」

と、その場にいた男たちに目をやって訊いた。

「おそらく、安川たちが逃げた先は、剣術道場だ」

桑兵衛が言った。

「道場へ行ってみますか」

唐十郎は、そう言って道場の方に目をやった。

すると、桑兵衛も道場の方を見ながら、

「安川たちは、おれたちが追ってくるのを承知しているだろう。おれたちに気付かれない場に身を隠しているか。そうでなければ、一緒に逃げた門弟たちに指示して、近くにいる門弟だった男たちを集め、おれたちを迎え撃とうとしているか……。迂闊に仕掛けると、返り討ちにあうぞ」

と、顔を険しくして言った。

次に口を開く者がなく、その場が重苦しい沈黙につつまれたとき、

「焦(あせ)ることはない。今日のところは、引き上げよう。……いずれにしろ、安川は道場にいるか、情婦(おんな)のところにいるかだ」

桑兵衛が、男たちに目をやって言った。

「そうですね」

唐十郎がうなずいた。

7

翌朝、唐十郎、桑兵衛、弥次郎、弐平の四人は、神田松永町にある狩谷道場に集まった。他の門弟の姿はなく、唐十郎たちは道場のなかほどに座している。

「どうする、これから安川道場にむかうか」

桑兵衛が、唐十郎たち三人に目をやって訊いた。

「行きましょう」

唐十郎が言うと、弥次郎と弐平もうなずいた。

桑兵衛はすぐに応えず、いっとき虚空を睨むように見つめていたが、

「安川は、おれたちが道場に来るとみているはずだ。……おれたちに気付かれないよ

うな場所に隠れているか、そうでなければ、おれたちを返り討ちにするために、門弟や仲間を集めているか……」

そう言って、顔を険しくした。

「門弟や仲間を集めても、いつまでも母屋にとどまれないはずです。集まった者たちも、稽古をするでもなく、ただ母屋にいるだけでは嫌になります。そのうち、何か理由をつけて母屋を出るはずです」

唐十郎が言った。

「そうだな」

桑兵衛がうなずいた。

「ともかく、安川道場に行ってみましょう」

唐十郎が言うと、そばにいた男たち三人がうなずいた。

唐十郎たち四人は狩谷道場を出ると、平永町にある安川道場にむかった。このところ、何度も行き来した道である。

唐十郎たちは前方に安川道場が見えてくると、路傍に足をとめた。

「道場に変わった様子はないな」

桑兵衛が言った。道場の表戸は閉まったままで、まだ普請を始めるような様子はなかった。

「安川はいるかな」

唐十郎が、道場と裏手にある母屋に目をやって言った。

「道場にはいないはずだ。いるとすれば、母屋だ」

そう言って、桑兵衛が先にたって道場の方へ歩きだした。唐十郎、弥次郎、弐平の三人が後につづいた。

唐十郎たちは、道場の近くまで来て足をとめた。道場はむろんのこと、裏手にある母屋もひっそりとしている。

「誰もいないのかな」

弐平が言った。

「いや、いるようだ。かすかに、障子を開け閉めするような音や話し声が聞こえる」

桑兵衛はそう言って、唐十郎たちに目をやった。

「いる！　話し声が聞こえやす」

弐平が身を乗り出して言った。

「安川と門弟たちにちがいない」

唐十郎がつぶやいた。安川は、唐十郎たちが踏み込んできても返り討ちにできるように、何人もの門弟を集めているのではないかと思った。

「あっしが、見てきやしょうか」

弐平が、その場にいた唐十郎たちに目をやって訊いた。

「そうだな。また、弐平に頼むか」

唐十郎がそう言ったとき、道場の裏手の母屋近くに、ふたりの武士が姿を見せた。ふたりは、唐十郎たちのいる表通りの方に歩いてくる。

「あのふたりに、訊いてみやす」

弐平が、道場の脇の小径に足をむけた。

唐十郎たち三人はふたりの武士の目にとまらないように、すぐに近くの家の脇に身を寄せた。

弐平はふたりの武士の前まで来ると、何やら声をかけ、ふたりと話しながら来た道を引き返してきた。ふたりの武士はまだ若く、小袖に袴姿で二刀を帯びていた。安川道場の門弟だった男であろう。

弐平はふたりの武士と話しながら歩き、道場の脇からすこし離れたところで足をとめた。ふたりの武士は振り返って弐平を見ることもなく、何やら話しながら歩いていく。

弐平は唐十郎たちのそばに戻るなり、

「母屋に、安川たちはいやすぜ」

と、声高に言った。

「人数は分かるか」

すぐに、唐十郎が訊いた。

「今、母屋に残っているのは、下働きを除いて五人らしい」

弐平は、ふたりの武士に聞いたことを言い添えた。

「五人か。安川と、門弟だった男だな」

「そうでさァ。五人のなかに、松川もいるらしい」

「うまくすれば、安川と松川を討つことができるな。ふたりを始末すれば、増田屋に押し入った賊は、すべて討ったことになり、増田屋吉兵衛だけでなく、殺された利助の親の権造の恨みも晴らせるわけだ」

桑兵衛が言うと、その場にいた唐十郎、弥次郎、弐平の三人がうなずいた。

「母屋に踏み込みやすか」

弐平が、身を乗り出して言った。

「いや、母屋に踏み込んで安川と松川を討つのはむずかしいぞ。安川にとって、母屋は勝手を知っている自分の家だ。下手に踏み込むと返り討ちにあう」

桑兵衛はそう言った後、

「安川が出て来るのを待とう。道沿いに身を隠し、安川たちが通りかかったら、飛び出して斬るのだ」

と、いつになく昂った声で言い添えた。

「不意打ちですかい」

弐平が訊いた。

「そうだ」

桑兵衛は否定しなかった。安川と松川を討つためには尋常な勝負でなく、不意打ちでもかまわない、と桑兵衛は思った。

その場にいた唐十郎と弥次郎が、うなずいた。ふたりにも、安川を討つのは剣の勝負ではなく、殺された者たちの無念を晴らす仇討ちであることが分かっている。

8

唐十郎たち四人は、道場から少し離れた通り沿いにあった土蔵の脇に身を隠した。

その土蔵は、近くにある米屋のものらしい。

唐十郎たちは、土蔵の陰から道場に目をやった。そこで安川たちが来るのを待つのである。安川たちは、なかなか出てこなかった。唐十郎たちが土蔵の陰に身を隠して、一刻（二時間）ちかくも経ったろうか。

道場の方に目をやっていた弐平が、

「出てきやした！」

と、身を乗り出して言った。

安川と松川、それに門弟らしい若侍が三人いる。五人は道場の脇の小径をたどって、唐十郎たちが身を潜めている通りに出てきた。

安川たちは唐十郎たちに気付かないらしく、何やら話しながら歩いてくる。

唐十郎たちのいる場から、四、五間のところまで安川たちが近付いた。まだ唐十郎たちに気付いていない。

さらに、安川たちが近付いたとき、唐十郎たちが土蔵の陰から一斉に飛び出した。

唐十郎と弥次郎が前に、桑兵衛と弐平が背後に――。

安川たち五人は、ギョッとしたようにその場に棒立ちになった。いきなり飛び出してきた男たちが何者か、咄嗟に分からなかったようだ。

安川は、眼前に迫ってきた唐十郎と弥次郎を目にし、

「狩谷道場のやつらだ！」

と叫んだ。そして、刀の柄に手を添えて抜こうとした。

「遅い！」

唐十郎が居合の呼吸で抜刀し、刀身を横に払った。一瞬の抜き打ちである。

咄嗟に安川は身を退いたが、唐十郎の抜き打ちの方が迅(はや)かった。

唐十郎の切っ先が、安川の小袖の胸の辺りを逆袈裟に切り裂いた。安川は素早く背後に跳び、唐十郎の二の太刀から逃れた。

安川の小袖が裂け、露わになった胸が血に染まっている。ただ、皮肉を裂かれたが、深い傷ではなく、命に別状はないようだ。

「おのれ！」

安川は目を吊り上げて叫び、手にした刀を八相に構えた。隙のない大きな構えだった。道場主だけのことはある。

「やるな！」

唐十郎は、手にした刀を腰の脇に引いた。抜刀してしまったので、居合の呼吸で脇から袈裟に斬り上げるのである。

一方、桑兵衛は松川と対峙していた。ふたりの間合はおよそ二間、真剣勝負の間合としては近いが、桑兵衛は刀を抜かず鞘に納めたままなので、どうしても間合が近くなる。それに、居合で抜刀して敵を斬るには、間合が近くなければ駄目である。間合が遠いと切っ先がとどかない。

松川は青眼に構え、切っ先を桑兵衛にむけていた。かすかに、切っ先が震えている。真剣勝負のために気が昂り、肩に力が入り過ぎているのだ。

「どうした、かかってこい」

桑兵衛が、挑発するように言った。

だが、松川は動かなかった。真剣勝負の昂奮と恐怖で、自分から仕掛けられないのだ。

「来ないなら、行くぞ！」

桑兵衛は、居合の抜刀体勢をとったまま踏み込んだ。

ふたりの間合が一間半ほどに迫ったとき、松川が真っ向へ斬り込もうとして、刀を振り上げた。

この一瞬の動きを、桑兵衛がとらえた。鋭い気合を発し、抜刀した。キラッ、と刀身が光った次の瞬間、逆袈裟に斬り上げた桑兵衛の切っ先が、松川の脇腹から胸の辺りにかけて斬り裂いた。

居合の神速の一撃である。松川は悲鳴も呻き声も上げなかった。苦しげに顔をしかめてよろめき、足がとまると、その場に崩れるように倒れた。

地面に俯せに倒れた松川は四肢を痙攣させていたが、首をもたげようともしなかった。傷口から流れ出た血が、赤い布を広げていくように地面を染めていく。

このとき、唐十郎は安川と向かい合っていた。唐十郎は、刀を脇構えにとっている。抜刀してしまったので、抜き身のまま居合の抜刀の呼吸で斬り込まなければならない。

一方、安川は八相に構えていた。小袖が裂け、胸のあたりが血に染まっている。ただ、深手ではないらしく、八相の構えにも隙がなかった。

「居合が抜いたな」

安川が揶揄するように言った。

「抜いても、小宮山流には、敵を斬る技がある」

そう言って、唐十郎は脇構えにとったまま、足裏を擦るようにして安川との間合を狭め始めた。脇構えから逆袈裟に斬り上げて安川をとらえるためには、どうしても間合を狭めねばならない。

唐十郎は切っ先が安川にとどく間合に入ると、イヤアッ！　と、裂帛の気合を発して逆袈裟に斬り上げた。

ほぼ同時に、安川も仕掛けた。八相から袈裟へ斬り下げた。

逆袈裟と袈裟――。斬り上げた刀身と斬り下げた刀身が、ふたりの眼前で合致し、甲高い金属音が響いた。次の瞬間、ふたりは二の太刀をふるった。

唐十郎は身を退きざま刀身を横に払い、安川はふたたび、袈裟に斬り込んだ。

唐十郎の切っ先が、安川の右の二の腕をとらえ、安川の切っ先は空を切った。

安川は慌てて後退った。そして、目の端で松川が斬られて倒れているのをとらえた。すると安川は「狩谷、勝負、預けた！」と声を上げ、反転して走りだした。逃げたのである。

「安川、逃げるか！」

唐十郎は慌てて安川を追ったが、すぐに足がとまった。安川の逃げ足は速く、追いつきそうもなかったからだ。

唐十郎たちと安川たちとの闘いは、終わった。安川に同行した三人の門弟は、闘うのを避けようとしたらしく、すこし離れて唐十郎たちの斬り合いを見ていたが、松川が斬られ、安川が逃げるのを目にすると、慌ててその場から逃げようとした。

「逃げるがいい。おれたちは、おぬしらと何のかかわりもない」

桑兵衛がそう言い、手にした刀を鞘に納めた。

三人の門弟は後退って唐十郎たちとの間をあけると、反転して走りだした。逃げたのである。

唐十郎は、安川が逃げた先に目をやり、

「残ったのは、安川ひとりだ。……近いうちに、安川も斬る」

そうつぶやき、鞘に納めた刀の柄を握りしめた。

第六章　首謀者

1

唐十郎は前方に安川道場が見えてくると、路傍に足をとめた。唐十郎だけでなく、同行した桑兵衛、弥次郎、弐平の三人も道場に目をやっている。

唐十郎たちが安川に同行していた松川を討ってから、三日経っていた。増田屋に押し入った盗賊のなかで生き残っているのは、頭目であり道場主でもある安川ひとりである。

唐十郎たちは、残る安川の居所を摑んで討つために、安川道場に来ていたのだ。

「道場は人気（ひとけ）がないな。相変わらず、閉まったままのようだ」

桑兵衛が言った。

「いるとすれば、裏手の母屋です」

唐十郎は、道場の裏手にある母屋に目をやった。

「あっしが、見てきやしょう」

弐平が言い、すぐにその場を離れた。いつも裏手の母屋を見に行くのは弐平の役である。弐平は、母屋の近くに行く小径と、身を隠して母屋を探る場所を知っていたのだ。弐平は道場の脇の小径をたどって、母屋にむかった。そして、母屋の近くまで行くと、その姿が見えなくなった。母屋の戸口に、近付いたらしい。

いっときすると、弐平は姿をあらわした。そして、道場の脇の小径を小走りにもどってきた。

「弐平、安川はいたか」

すぐに、桑兵衛が訊いた。そばにいた唐十郎と弥次郎も、弐平に目をやっている。

「いねえんでさァ。いたのは、下働きの男だけで」

弐平が言った。

「安川は、どこに出掛けたか分かるか」

「それが、下働きの男は、安川の行き先を聞いてねえんで」

「聞いてないのか」

桑兵衛が残念そうな顔をして口を閉じると、

「安川はひとりで道場を出たのか」

桑兵衛の脇にいた唐十郎が、身を乗り出すようにして訊いた。

「母屋を出たのは、ひとりだそうで」

「門弟たちが一緒ではないのか……」

唐十郎が首をかしげた。

次に口をひらく者がなく、その場が沈黙につつまれると、

「近所で聞き込んでみますか。安川が向かった方向だけでも分かれば、行き先がつかめるかもしれません」

黙って聞いていた弥次郎が、男たちに目をやって言った。

「そうだな。どちらに向かったか分かれば、行き先がつきとめられるな」

唐十郎が言い終えたときだった。通りの先に目をやっていた弥次郎が、

「あのふたりに、訊いてきますよ」

そう言って、通りの先にいるふたりの武士を指差した。ふたりは若侍らしく、小袖に袴姿で、従者はいなかった。おそらく、近所の武家地に屋敷のある武家の子弟であろう。

弥次郎は小走りにふたりの若侍に近付いて声をかけた。そして、何やら話をしていたが、すぐにふたりから離れ、唐十郎たちのいる場にもどってきた。ふたりの若侍は近くの小径に入り、武家地のある方へむかっていく。

桑兵衛は弥次郎が近付くのを待ち、

「安川のことで、何か知れたか」

と、すぐに訊いた。

「知れました。ふたりのうちのひとりが、今朝、道場主の安川が門弟らしい武士をふたり連れて歩いていくのを見掛けたそうです」

弥次郎が、その場にいた男たちに目をやって言った。

「安川は、どこにむかった」

桑兵衛が、身を乗り出して訊いた。

「どこか分かりませんが、一杯やっているうちにさらに何人か集まる、と安川が口にしたのを覚えてました」

「一杯やっているうちに集まる、だと。……小鈴か！」

桑兵衛が声を上げた。

その場にいた唐十郎たちも、安川が一杯やるのは小鈴の裏手にある離れだと、すぐに気付いた。

「小鈴に行ってみますか」

唐十郎が言うと、男たちがうなずいた。

唐十郎たちは道場のある通りから、蕎麦屋の脇の道に入った。何度か小鈴に行ったことがあるので、道筋は分かっている。

蕎麦屋の脇の道をすこし歩くと、小鈴が見えてきた。

「小鈴の店先に、暖簾が出てやす」

弐平が指差して言った。

「まず、安川が小鈴に来ているかどうか、探らねばならんな」

そう言って、桑兵衛が男たちに目をやった。

「あっしが、店を覗いてみやす」

弐平が身を乗り出して言った。

「待て！　安川が小鈴にいるとは限らんぞ。裏手の離れということもある。下手に騒ぎたてると、安川たちに逃げられる」

桑兵衛は小鈴だけでなく、店の脇にも目をむけた。裏手の離れには、その脇の細い道のようなところを通って行くことができる。

「裏手を見てきやしょうか」

弐平がそう言って、小鈴の脇に足をむけた。

ふいに、弐平の足がとまった。小鈴の脇の道から、男がひとり出てきたのだ。若い武士である。

「あの男、安川が連れてきたひとりではないか」

桑兵衛が言った。

「そうらしい」

唐十郎が「たまにはおれが訊いてみます」と言い残し、若い武士の後を追った。

弐平が、半町ほどの距離をとって唐十郎の後をついていく。これまで、弐平が見知らぬ相手に話を聞くことが多かったが、相手が若い武士とみて、唐十郎が行く気になったようだ。

2

唐十郎は若い武士に追いつくと、何やら声をかけ、ふたりで肩を並べて歩きだした。弐平は唐十郎たちからすこし離れ、足音をたてないようについていく。

唐十郎と若い武士は、話しながら一町ほども歩いたろうか。唐十郎が若い武士に、「安川どのに会ってこよう」と声をかけて、足をとめた。どうやら唐十郎は、安川の知人と称して、安川のことを聞き出したらしい。若い武士は唐十郎と離れ、通りの先をひとりで歩いていく。

唐十郎は来た道を引き返し、途中弐平と一緒になったが、何も話さずに通行人を装って、桑兵衛と弥次郎がいる場にもどった。

唐十郎は桑兵衛たちのそばに来ると、

「安川は、離れにいるようです」

すぐに、核心から言った。

「いるか！　それで、一緒にいる者たちは」

桑兵衛が訊いた。その場にいた弥次郎も唐十郎を見つめ、次の言葉を待っている。

「いま訊いた男の話だと、安川の他に武士が三人いるそうです」

唐十郎が言った。

「三人か。……安川を加えて、四人だな」

桑兵衛が顔を険しくした。

「あっしらと、同じ人数ですぜ」

弐平が言った。

「そうだな。……恐らく安川と一緒にいる三人は、道場の門弟だった男だろう。安川が離れまで連れてきたところからみて、三人は遣い手にちがいない。安川はおれたちが踏み込んでくるのを予想し、腕のたつ男を連れてきたのだろう」

桑兵衛が言うと、唐十郎と弥次郎がうなずいた。ふたりの顔が、険しくなっている。

　桑兵衛はいっとき間をとってから、

「どうする、離れに踏み込むか」

と、その場の男たちに目をやって訊いた。

　唐十郎たち三人はすぐに返答しなかったが、

「ともかく、離れに行ってみましょう。安川たちが四人一緒でなく、別々に離れから出てくれば、討てます」

と、唐十郎が言った。すると、そばにいた弥次郎がうなずいた。

「よし、ともかく離れに行き、様子を見てみよう」

　桑兵衛が男たちに言った。

　唐十郎たちは、小径のようなところをたどって裏手にむかった。何度も行き来した場所なので、辺りの様子も分かっている。

　唐十郎たちは離れが近付くと、椿の陰に身を寄せた。そこは、これまでも唐十郎たちが身を隠して、離れの様子を探った場所である。

「話し声が聞こえやす」

　弐平が声をひそめて言った。

離れから、話し声が聞こえた。いずれも男の声で、武家言葉を使っている。会話のなかで、相手の名を呼ぶ声も聞こえた。

「安川がいやすぜ」

弐平が、身を乗り出して言った。離れから聞こえてくる会話のなかで「安川さま」と呼ぶ声がしたのだ。

「どうしやす。踏み込みやすか」

弐平が身を乗り出して言った。

「いや、外に出てくるのを待とう。下手に家に踏み込んで安川たちに襲われると、返り討ちに遭うぞ。……家の中で待ち伏せされたら、おれたちに勝ち目はない」

桑兵衛が言うと、唐十郎と弥次郎がうなずいた。

「ともかく、安川たちが出てくるのを待とう。……長く離れにとどまっているはずはない。通りに出なくとも、裏手から小鈴に行く者もいるはずだ」

桑兵衛が、念を押すように言った。

それから一刻（二時間）ほど経ったろうか。離れから、武士と思われる男たちの声が何度も聞こえたが、ひとりも出てこなかった。

「夜になるまで、このままかもしれねえ」

弐平が、生欠伸を嚙み殺して言った。そのときだった。離れのなかから、階段を下りてくるような足音が聞こえた。ひとりらしい。

「誰か、出てきやすぜ」

弐平が、身を乗り出して言った。

階段を下りる足音につづいて、戸口の近くで人声が聞こえた。どうやら、外に出てくるらしい。

待つまでもなく表戸が開いて、武士がひとり姿を見せた。小袖に袴姿である。まだ若く、二十歳(はたち)前後に見えた。

武士は離れを出ると、小鈴の脇に足をむけた。表通りへ出るつもりらしい。

武士が表通りに足をむけると、それを見ていた弐平が、

「あっしがあの男に、家のなかの様子を訊いてきやす」

と言い残し、椿の陰から出ようとした。

「弐平、無理するな」

唐十郎が、小声で言った。

「無理はしやせん。すぐ、もどりやすよ」

そう言い残し、弐平は小鈴の脇にむかった。

弐平の姿は、すぐに見えなくなった。表通りに出たらしい。

それからいっときすると、弐平がもどってきた。弐平は、唐十郎たちのいる椿の陰まで来ると、

「離れを出た二本差しですがね。昌平橋の近くにある自分の屋敷に、帰るそうですぜ」

弐平が唐十郎たちに目をやって言った。昌平橋は神田川にかかる橋で、その近くにも武家屋敷があった。

「その武士に、罪はあるまい。おれたちは、安川を討てばいいのだ。それで、増田屋の主人や殺された利助の父親から依頼された敵を討つことができる」

桑兵衛は静かだが、強い響きのある声で言った。

3

「出てこねえなァ」

弐平が、生欠伸を嚙み殺して言った。

唐十郎たちが小鈴の裏手にある離れの近くまで来て一刻（二時間）ほど経つが、安

川は姿を見せなかった。

痺れを切らしたのは弐平だけでなく、その場にいた唐十郎、桑兵衛、弥次郎の三人も同じだった。

「踏み込みますか」

弥次郎が言った。

すると、桑兵衛が戸惑うような顔をし、

「子分を装って、戸口から声をかけてみるか」

と、三人に目をやって言った。

「外へ呼び出すんですかい」

弐平が身を乗り出して訊いた。

「まァ、そうだ。……安川には、おれたちとすぐ分かるだろうがな」

桑兵衛が、気乗りしない声でそう言ったときだった。

離れのなかから、階段を下りてくる足音が聞こえた。ひとりではなく、何人かいるらしい。

「誰か、出てきやす！」

弐平が、昂った声で言った。

すぐに離れの表戸が開き、武士がひとり姿を見せた。小袖に袴姿で、二刀を帯びている。門弟であろうか。若い武士だった。

その武士につづいて、安川と二十歳前後と思われる大柄な武士が出てきた。大柄な武士も、門弟らしい。

弥次郎は安川たち三人を目にすると、その場を離れようとした。

「待て！」

桑兵衛が声を殺して言い、弥次郎の肩先をつかんでとめ、「戸口から離れるのを待つのだ」と言い添えた。

弥次郎は、すぐに身を退いた。そして唐十郎たちと肩を並べて、安川たち三人を見つめた。

安川とふたりの武士は戸口から出ると、左右に目をやった。近くに待ち伏せしている者がいないか、確かめたらしい。

安川たちは、戸口から離れた。椿の陰に身を隠している唐十郎たちには気付かなかったようだ。

安川たち三人は辺りに目をやりながら、唐十郎たちが身を潜めている椿に近付いてきた。安川たちが椿のそばまで来たとき、唐十郎、桑兵衛、弥次郎の三人が飛び出した。弐平は、樹陰にとどまっている。武士でない弐平は、下手に安川たちのそばに近付くと、巻き添えを食う恐れがあったのだ。

「狩谷唐十郎か！」

安川が、前に立った唐十郎を見て声を上げた。

「いかにも」

唐十郎は、すぐに居合の抜刀体勢をとった。

一方、桑兵衛と弥次郎は、安川と一緒に出てきたふたりの武士とそれぞれ対峙し、刀の柄に右手を添えた。やはり、唐十郎と同じように居合の抜刀体勢をとっている。

安川は刀を抜いて青眼に構えると、

「うぬら、何ゆえ、俺たちを尾けまわす」

と、唐十郎に訊いた。

まだ、ふたりの間合は二間余あった。一足一刀（いっそくいっとう）の斬撃の間合の外である。

「うぬらに殺された罪のない男の敵を討つためだ」

唐十郎が、安川を見据えて言った。

「頼んだのは、増田屋にかかわりのある者だな」

安川が、増田屋の名を出して訊いた。

「そうだ」

唐十郎は否定しなかった。

「うぬら、金を貰って動いているのだろうが、金なら俺も出すから、手を引け！」

安川が、唐十郎だけでなく桑兵衛と弥次郎にも聞こえる声で言った。

「先に、おぬしを斬って、約束を果たさねばな」

唐十郎は、居合の抜刀体勢をくずさなかった。

「おのれ！」

安川は、摺り足で唐十郎との間合を狭めた。そして、一足一刀の斬撃の間境近くまでくると、寄り身をとめた。青眼に構えたままである。

対する唐十郎は刀の鯉口を切り、斬撃の気配を見せた。

このとき、桑兵衛と対峙していた武士が、悲鳴を上げてよろめいた。桑兵衛の居合の一撃を浴びたらしい。

その悲鳴で、安川の全身に斬撃の気がはしった。

タアッ！と鋭い気合を発し、安川が斬り込んだ。青眼の構えから袈裟へ——。鋭い斬撃である。

だが、唐十郎は安川の斬撃を読んでいた。咄嗟に身を退いて、安川の切っ先をかわし、鋭い気合とともに抜刀した。一瞬の太刀捌きである。

キラッ、と刀身が光った次の瞬間、唐十郎の切っ先が安川をとらえた。

安川の肩から胸にかけて、小袖が切り裂かれ、露わになった胸に血の線が浮いた。

安川は慌てて後退った。驚愕し、目を見開いている。

そして、唐十郎との間がひらくと、安川はふたたび刀を青眼に構えた。致命傷ではなかったようだ。

「居合が抜いたな！」

安川が、目をつり上げて叫んだ。小袖が胸から腹にかけて、血に染まっている。

唐十郎はすかさず、手にした刀を脇構えにとった。脇構えから、居合の呼吸で袈裟に斬り上げるのだ。

そのときだった。弥次郎と対峙していた武士が、悲鳴を上げてよろめいた。肩から胸にかけて小袖が裂け、血塗れである。弥次郎の斬撃を浴びたらしい。武士の足がとまると、その場に腰からくずれるように倒れた。

これを見た安川は、突如、裂帛の気合を発し、唐十郎に斬り込んできた。

踏み込みざま袈裟へ――。体ごとぶつかってくるような斬撃だった。

咄嗟に唐十郎は身を退いて、安川の一撃をかわした。だが一瞬、腰が浮いて、居合の抜刀体勢がくずれた。

この体勢のくずれを安川がとらえた。刀を振りかぶり、斬り込んでいく構えを見せた。唐十郎が慌てて身を退くと、安川は反転して走りだした。逃げたのである。

唐十郎はすぐに体勢をたてなおし「待て！」と叫び、安川の後を追った。

だが、安川の逃げ足は速かった。椿の近くから小鈴の脇の小径をたどって、表通りにむかっていく。

「逃げるか！」

唐十郎が安川の後を追い、弐平、桑兵衛、弥次郎とつづいた。

唐十郎たちが小鈴の前の通りに出ると、安川の後ろ姿が見えた。蕎麦屋の脇を道場のある方にむかって走っていく。安川の逃げ足は速く、唐十郎たちとの間は広がるばかりである。

「慌てて追わずともいい。安川の行き先は分かっている。道場だ」

桑兵衛が言った。

4

唐十郎たち四人は、安川の道場にむかった。そして、蕎麦屋の脇の道を経て道場のある道に入った。

通りの先に道場が見えたが、安川の姿はなかった。道場の裏手につづく小径にも、安川はいないようだ。

「早えな。もう母屋に入ったのか」

弐平が、驚いたような顔をした。

「道場の近くに隠れているかもしれんぞ」

唐十郎が足を速めて言った。桑兵衛と弥次郎も、唐十郎と離れずに足早に歩いてくる。唐十郎たちは、道場の脇まで来て足をとめた。母屋につづく道場の脇の小径にも、安川の姿はなかった。

「あっしが、裏手の母屋を見てきやしょうか」

弐平が身を乗り出して言った。

「いや、四人一緒に行こう。安川が母屋にもどっていれば、その場で捕らえるなり、討つなりできる」

唐十郎たちは、道場の脇の小径をたどって母屋にむかった。

母屋はひっそりとしていた。母屋の前には狭い庭があり、松、椿、紅葉などが植えてある。庭にも、人影はなかった。

「母屋に、だれかいやすぜ」

弐平が小声で言った。

母屋から、障子を開け閉めするような音が聞こえたのだ。他に、物音も人声も聞こえなかったので、母屋にいるのはひとりらしい。

「母屋で奉公している爺(じい)さんでさァ」

弐平はそう言うと、家の戸口にむかった。

弐平は戸口まで行くと板戸を開け、「誰か、いねえかい」と声をかけた。すると廊下を歩く足音がし、すこし腰の曲がった年寄りが出てきた。下男である。

「よう、爺さん」

弐平が声をかけた。戸口に姿を見せた年寄りと、顔を合わせて話したことがあったのだ。

「おめえさん、また会ったたな」

下男が、弐平の顔を見ながら言った。

「安川の旦那は、ここにいるのかい」

弐平が訊いた。

「すこし前（めえ）に顔を見せたんだが、すぐに出ていっちまったよ」

下男が首を捻った。下男には、安川がすぐに母屋を出ていった理由が分からなかったらしい。

「何処へ行くと言ってた」

念のために、弐平が訊いた。

「分からねえ。あっしには、何も言わずに出ていっちまったのよ」

下男は顔をしかめた。

「そうかい」

弐平は「また来るかもしれねえな」と言い残し、戸口から離れた。これ以上、下男から安川のことを訊いても、行き先はつかめないとみたのだ。

弐平は戸口近くにいた唐十郎たち三人に、母屋に安川はいないことを話し、

「どこへ行ったか、分からねえんで」

と渋い顔をして言い添えた。

「仕方無い、今日は帰ろう。また、明日だ」

桑兵衛が、男たちに目をやって言った。

翌朝、唐十郎たち四人はまだ暗いうちに狩谷道場を出ると、安川道場にむかった。早朝なら、安川が道場の裏手の母屋にいるのではないか、と踏んだのである。

唐十郎たちが平永町に入って一町ほど歩くと、まだ薄暗い通りの先に安川道場が見えてきた。道場の近くには、人影もなかった。付近の家も表戸を閉めている。

唐十郎たちが道場の近くに立っていっときすると、夜が明けてきて、東の空が明らんできた。朝の早い家では住人が起きだしたらしく、戸を開け閉めする音がかすかに聞こえてきた。

「安川は、家に帰って（けえ）いるかな」

弐平がそう言って、歩きだした。

唐十郎たちは、弐平の後につづいて道場の脇まで来ると足をとめた。

「道場も裏手も、静かだな」

桑兵衛が言った。

「誰もいないのかな」

唐十郎は、道場の裏手の母屋の方に目をやっている。

「あっしが、母屋を見てきやしょうか」

弐平が、その場にいた唐十郎たちに目をやって言った。

「いや、みんなで行こう。……今なら、門弟たちや近所の住人の目を気にする必要はないようだ」

唐十郎たち四人は、道場の脇の小径をたどって裏手にむかった。母屋はひっそりとし、庭にも人影はなかった。それでも念のため、唐十郎たちは庭に植えてある椿の樹陰にまわった。

母屋は静かだったが、ふいに障子を開け閉めするような音が聞こえた。

「誰かいやす！」

弐平が身を乗り出して言った。

「いるな。……下働きの男かも知れんぞ」

唐十郎が言った。その場にいる男たちは、母屋に下働きの男が来ていることを知っていた。おそらく、寝泊まりすることもあるのだろう。

「あっしが、様子を見てきやす」

弐平がそう言い残し、ひとりで戸口にむかった。弐平は、これまでも下働きの男と会って話したことがあったのだ。

唐十郎、桑兵衛、弥次郎の三人は、椿の樹陰に残って弐平に目をやっている。

弐平は戸口の前まで来ると、表戸越しに「誰か、いねえかい」と声をかけた。すると家のなかで、障子を開け閉めするような音がした。土間に下りる音につづいて、下働きの男が顔を出した。

「おめえさんかい。……何か用かい」

下働きの男が訊いた。どうやら、弐平のことを覚えていたらしい。

「道場主の安川の旦那は、帰っているかい。旦那に用があってな。朝から訪ねてきたのよ」

弐平は、咄嗟に頭に浮かんだことを口にした。

「でけえ声を出さねえでくれ。安川の旦那は、まだ寝てるのよ。……昨夜、ここに帰ってきたのが遅かったのでな」

下働きの男が、声をひそめて言った。

「すまねえ。……また、来らァ」

弐平はそう言い残し、慌てて戸口から出ていった。これ以上、男から訊くことはなかったのだ。

弐平は戸口から離れると、唐十郎たちのそばに行き、母屋に安川がいることを話した。

「門弟たちは？」

唐十郎が身を乗り出して訊いた。

「いやせん。いるのは、下働きの爺さんだけでさァ」

「よし、安川を討とう」

唐十郎が言うと、その場にいた桑兵衛と弥次郎がうなずいた。

5

唐十郎、桑兵衛、弥次郎の三人は、弐平につづいて母屋の戸口近くまで来た。そのとき弥次郎が、

「おれは、念のため裏手にまわります」

と小声で言い、足音を忍ばせて家の脇へ足をむけた。裏手にまわって、安川が逃げ出してきたら闘うつもりなのだ。むろん、唐十郎たちが駆け付けるので、それまでの斬り合いになるだろう。

弥次郎が戸口から離れると、

「あっしが安川を呼び出しやすから、ふたりは家の脇に隠れていてくだせえ」

弐平が、唐十郎と桑兵衛に目をやって言った。

「弐平、任せるぞ」

桑兵衛が言い、唐十郎とふたりで家の脇にむかった。

弐平は唐十郎たちが戸口から離れると、表戸を開け「爺さん、いるかい」と声をかけた。すると、先程の下働きの男が姿を見せ、

「また、おめえさんかい」

と言って、渋い顔をした。

「安川の旦那を呼んでくんな。道場の者が来てるって、話せばいい」

弐平は、唐十郎たちのことを道場の者と話した。安川は門弟が来ていると思って出てくるだろう、と弐平はみたのだ。

「旦那に知らせてくるよ」

下働きの男はそう言い残し、土間から座敷にもどった。

弐平は、すぐに土間から出た。土間にいるところに安川が姿を見せたら、外に唐十郎たちがいると気付かれるからだ。

唐十郎と桑兵衛は戸口の両脇に離れ、弐平だけが戸口の前に立った。安川が家から出てくるまで、姿を見られたくなかったからだ。

いっときすると、土間へ下りる足音がし、表戸が開いて安川が姿を見せた。大刀を腰に差している。念のため、持ってきたのだろう。

安川は戸口近くに立っている弐平に、

「おまえ、どこかで見たことがあるな」

と睨むように見据えて言った。

「旦那を見たことのあるやつが、あっしの他にもいやすぜ」

弐平はそう言って、戸口から離れた。

「どこにいる」

安川が戸口から出て、周囲に目をやった。

そのとき、家の脇に身をひそめていた唐十郎と桑兵衛が飛び出した。一瞬、安川は身を硬くして、その場につっ立ったが、

「おまえたちか!」

と、目を剝いて叫んだ。

「安川、観念しな。逃げられないぞ」

唐十郎が言い、安川の前にまわり込んだ。

桑兵衛は安川の後ろにまわり、道場の脇の小径に逃げるのを塞いだ。

「おのれ!」

安川は目を吊り上げて叫び、刀を抜いた。唐十郎と桑兵衛を斬らねば、ここから逃げられないと思ったようだ。

唐十郎は刀の柄に右手を添え、居合の抜刀体勢をとった。安川の後ろにまわった桑兵衛も抜刀体勢をとっている。

「居合か!」

安川は刀を青眼に構え、切っ先を唐十郎にむけた。唐十郎との間合を三間ほどにとっている。居合で抜いた刀の切っ先が、とどかないほどの間合をとったのだ。

「安川、間合が遠ければ、おぬしの刀も俺にとどかないぞ」

唐十郎が言い、居合の抜刀体勢をとったまま足裏を擦るようにして、ジリジリと安川との間合を狭めた。

安川は唐十郎の動きに合わせて身を退いたが、その背が庭に植えられた椿に迫ったため、それ以上、下がれなくなった。

「行くぞ！」

唐十郎が声を上げ、一歩踏み込んだ。

刹那、安川の全身に斬撃の気がはしった。イヤアッ！　と裂帛の気合を発し、安川が斬り込んだ。踏み込みざま、真っ向へ――。

一方、唐十郎は体を右手に寄せざま、鋭い気合とともに、逆袈裟に斬り上げた。

安川の刀の切っ先が、唐十郎の左の肩先をかすめて空を切り、唐十郎の切っ先は、安川の左側の脇腹から胸にかけてを斬り裂いた。

安川は、グワッ、という呻き声を上げ、抜き身を手にしてよろめいた。安川の胸の辺りから流れ出た血が、小袖を真っ赤に染めている。

「おのれ！」

安川は目を吊り上げて叫び、手にした刀を振り上げようとした。だがよろめき、足がとまると、腰から崩れるように転倒した。

地面に腹這いになった安川は、両手を地面につき、立ち上がろうとして首を上げたが、すぐにぐったりとなった。

そこへ、桑兵衛と弐平が走り寄った。

「やっぱり、唐十郎の旦那は、強えや！」

弐平が感嘆（かんたん）の声を上げた。

桑兵衛は、返り血を浴びた唐十郎の小袖に目をやり、

「唐十郎、大事ないか」

と、訊いた。心配そうな顔をしていた。父親を思わせる表情である。

そこへ、家の裏手にまわった弥次郎が姿を見せ、血塗れになって倒れている安川と、小袖に返り血を浴びている唐十郎を見て、

「さすが、若師匠だ！」

と声を上げた後、唐十郎の脇に来て「怪我（けが）は……」と小声で訊いた。

「返り血を浴びただけだ」

唐十郎は微笑（ほほえ）んで、返り血を浴びた腕を突き上げて見せた。

6

「唐十郎、弥次郎、刀を引け！」

桑兵衛が、ふたりに声をかけた。

唐十郎と弥次郎は、手にした刀を鞘に納めると、道場のなかほどにいた桑兵衛のそ

ばに近付いてきた。

唐十郎と弥次郎は、それぞれ交替で敵役になり、道場内で小宮山流居合の稽古をしていたのだ。

「今日の稽古は、これまでだな」

唐十郎が、弥次郎に声をかけた。

「一休みするか」

桑兵衛がそう言ったときだった。表戸を開ける音がし、弐平が道場に入ってきた。

弐平は、唐十郎たち三人が道場のなかほどに腰を下ろしているのを見ると、足早に近付いてきて、「稽古は休みですかい」と口許に薄笑いを浮かべて訊いた。

「今日は、これまでだ」

唐十郎が笑みを浮かべて言った。

「まだ、ろくに汗もかいてねえ。……稽古を終わりにするのは、どういうわけです」

弐平が、唐十郎たち三人に目をやって訊いた。

「今日はな。道場内で、一杯やることにしたのだ」

そう言った桑兵衛の顔に、笑みが浮いた。

「道場でやるんですかい。……いったい何があったんです。それに、一杯やるのは、裏手の母屋じゃァねえんですかい」

弐平が首を傾げた。

「おれたちは、居合を身に付けていたために、安川たちを討つことができた。それでな、居合の稽古をして一汗かいてから、道場内で一杯やることにしたのだ」

桑兵衛が、笑みを浮かべたまま言った。

「そいつはいいや。でも、何があったんです。……安川たちを討って、十日も経ってやすよ。一杯やるなら、もっと早くやってもいいんじゃァねえのかな」

弐平が、唐十郎たち三人に目をやって首を捻った。

「昨夜、来たのだ、ふたりで……」

唐十郎が小声で言った。

「だれが、来やした」

弐平が身を乗り出して訊いた。

「増田屋の主人の吉兵衛と倅を殺された権造だ。ふたりはな、おれたちが増田屋に押し入った盗賊をひとり残らず斬り殺したことを噂で耳にしたらしい。それで、あらためて礼に来たのだ」

桑兵衛はその後、

「吉兵衛は、これで安心して商いに専念できると言ってたな。……ふたりで礼を口にした後、切餅をふたつ置いていったのだ」

　と、目を細めて言い添えた。

「切餅が、ふたつですかい！」

　弐平が声を上げた。

　切餅は、一分銀百枚を方形に包んだものだった。一分銀四枚が一両なので、切餅ひとつが二十五両である。ふたつで五十両ということになる。増田屋ほどの大店の主人が、御礼としてつつんだ金が五十両ではすくないと言ってもいいが、すでに依頼したときに百両つつんであるので、半分の五十両にしたのだろう。

「それでな。稽古の後、一杯やろうということになったのだ」

　桑兵衛が目を細めて言った。

「そいつは、ありがてえ。あっしも、一杯やらせていただきやす」

　そう言って、弐平が唐十郎の脇に腰を下ろした。

「そこの盆に、余分の湯飲みが置いてあるだろう。そいつを使え」

　桑兵衛が、弥次郎の脇に置いてある盆を指差して言った。盆に、湯飲みがひとつ置いてあった。弐平が顔を出すかもしれないと思い、桑兵衛たちだけでなく弐平の分も用意したのだ。

「ありがてえ！」

弐平が目を細めて、湯飲みを手にした。

唐十郎たちは、弐平もくわえて四人で飲み始めた。それから、四半刻（三十分）も経ったろうか。

唐十郎が酒の入った湯飲みを手にしたまま、

「弐平、小鈴のことを何か耳にしているか」

と、弐平に訊いた。すると、そばにいた桑兵衛と弥次郎も、弐平に目をやった。唐十郎たちは、安川を斬った後、小鈴のことはそのままで、店や裏手の離れがどうなったかも知らなかったのだ。

「あっしも、小鈴が気になりやしてね。一昨日（おととい）、ひとりで小鈴の前まで行ってみたんでさァ」

弐平が、真面目（まじめ）な顔をして言った。

「話してくれ」

唐十郎が話の先をうながした。

「小鈴は、店をひらいてやしてね。あっしは、店から出てきた客に様子を訊いてみたんでさァ。女将は安川がいなくなる前と変わらず、商いをつづけているようですぜ」

弐平が、その場にいる唐十郎たち三人に目をやって言った。

「そうか。女将もなかなかのやり手らしいな。……それで、離れの様子はどうだ」

唐十郎が訊いた。

「離れは、閉まったままのようですぜ」

「離れに客を入れる気はないのだな。女将も気持ちをあらためて、商売をやる気になったのかもしれん。……おれたちは小鈴には手を出さず、このまま女将に商売をつづけさせてやろう」

桑兵衛が言うと、脇にいた唐十郎と弥次郎がうなずいた。

「あっしらも、気持ちをあらためてやりやしょう！」

そう言って、弐平が湯飲みをあらためた。

「弐平は気持ちをあらため、腰を落ち着けて一杯やる気でないか」

弥次郎が笑みを浮かべて言うと、

「飲もう！　気持ちを新たに」

と、唐十郎が湯飲みを手にして声を上げた。

一〇〇字書評

切り取り線

購買動機（新聞、雑誌名を記入するか、あるいは○をつけてください）	
□（　　　　　　　　　　）の広告を見て	
□（　　　　　　　　　　）の書評を見て	
□ 知人のすすめで	□ タイトルに惹かれて
□ カバーが良かったから	□ 内容が面白そうだから
□ 好きな作家だから	□ 好きな分野の本だから

・最近、最も感銘を受けた作品名をお書き下さい

・あなたのお好きな作家名をお書き下さい

・その他、ご要望がありましたらお書き下さい

住所	〒				
氏名		職業		年齢	
Eメール	※携帯には配信できません	新刊情報等のメール配信を 希望する・しない			

この本の感想を、編集部までお寄せいただけたらありがたく存じます。今後の企画の参考にさせていただきます。Eメールでも結構です。

いただいた「一〇〇字書評」は、新聞・雑誌等に紹介させていただくことがあります。その場合はお礼として特製図書カードを差し上げます。

前ページの原稿用紙に書評をお書きの上、切り取り、左記までお送り下さい。宛先の住所は不要です。

なお、ご記入いただいたお名前、ご住所等は、書評紹介の事前了解、謝礼のお届けのためだけに利用し、そのほかの目的のために利用することはありません。

〒一〇一－八七〇一
祥伝社文庫編集長　清水寿明
電話　〇三（三二六五）二〇八〇

祥伝社ホームページの「ブックレビュー」からも、書き込めます。

www.shodensha.co.jp/
bookreview

祥伝社文庫

虎狼狩り(ころうがり)　介錯人(かいしゃくにん)・父子斬日譚(ふしざんじつたん)

令和3年11月20日　初版第1刷発行

著　者　鳥羽亮(とばりょう)
発行者　辻　浩明
発行所　祥伝社(しょうでんしゃ)
東京都千代田区神田神保町3-3
〒101-8701
電話　03（3265）2081（販売部）
電話　03（3265）2080（編集部）
電話　03（3265）3622（業務部）
www.shodensha.co.jp

印刷所　萩原印刷
製本所　積信堂
カバーフォーマットデザイン　中原達治

Printed in Japan ©2021, Ryō Toba　ISBN978-4-396-34777-2 C0193

祥伝社文庫の好評既刊

鳥羽 亮
箱根路闇始末
はみだし御庭番無頼旅⑤

飛来する棒手裏剣……修験者が興した謎の流派・神出鬼没の〝谷隠流〟とは？ 忍び対忍び、苛烈な戦いが始まる！

鳥羽 亮
悲笛の剣
介錯人・父子斬日譚

その剣はヒュル、ヒュルと物悲しい笛の音のよう――野晒唐十郎の若き日と生前の父を描く、待望の新シリーズ！

鳥羽 亮
迅雷
介錯人・父子斬日譚②

頭を斬り割る残酷な秘剣遣いを討つべく、唐十郎とその父の鍛錬の日々が始まる。隠れ家を転々とする敵は何処に？

鳥羽 亮
仇討双剣
介錯人・父子斬日譚③

父の敵を討ちたいという幼子ふたりに、唐十郎の父・狩谷桑兵衛が授けた策とは？ 貧乏道場の父子、仇討ちに助太刀す！

鳥羽 亮
剣鬼攻防
介錯人・父子斬日譚④

練達の道場主が闇討ちに遭い、斬り捨てられた。その遺児源之助に助太刀して、唐十郎らが凶悪な剣鬼を討つ！

鳥羽 亮
追討
介錯人・父子斬日譚⑤

兇刃に斃れた天涯孤独な門弟のため、唐十郎らは草の根わけても敵を討つ！ 野晒唐十郎の青春譚第五弾！

〈祥伝社文庫　今月の新刊〉

宮津大蔵
うちら、まだ終わってないし
アラフィフの元男役・ポロは再び舞台に立つことを目指す。しかし、次々と難題が……。

森　詠
ソトゴト　梟が目覚めるとき
東京五輪の陰で密かに進行していた、日本壊滅の危機！　テロ犯を摘発できるか？

南　英男
疑惑領域　突撃警部
剛腕女好き社長が殺された。だが全容疑者にアリバイが？　衝撃の真相とは――。

鳥羽　亮
虎狼狩り　介錯人・父子斬日譚
貧乏道場に持ち込まれた前金は百両。呉服屋の無念を晴らすべく、唐十郎らが奔走する！

五十嵐佳子
女房は式神遣い！　あらやま神社妖異録
町屋で起こる不可思議な事件。立ち向かうのは、女陰陽師とイケメン神主の新婚夫婦！

馳月基矢
伏竜　蛇杖院かけだし診療録
悪の巣窟と呼ばれる診療所の面々が流行病と対峙。その一途な姿に……。熱血時代医療小説！